文治
© wénzhì books

更好的阅读

她厌男，她是我女友

[韩] 闵智炯 著
黄莞婷 译

中国友谊出版公司

图书在版编目（CIP）数据

她厌男，她是我女友 /（韩）闵智炯著；黄莞婷译. -- 北京：中国友谊出版公司，2023.5（2023.8 重印）

ISBN 978-7-5057-5596-3

Ⅰ.①她… Ⅱ.①闵… ②黄… Ⅲ.①长篇小说－韩国－现代 Ⅳ.① I312.645

中国版本图书馆 CIP 数据核字（2022）第 251193 号

著作权合同登记号　图字：01-2023-0560 号

书名　她厌男，她是我女友
作者　[韩]　闵智炯
译者　黄莞婷
出版　中国友谊出版公司
发行　中国友谊出版公司
经销　新华书店
印刷　嘉业印刷（天津）有限公司
规格　880×1230毫米　32开
　　　　9.5印张　139千字
版次　2023年5月第1版
印次　2023年8月第4次印刷
书号　ISBN 978-7-5057-5596-3
定价　48.00元
地址　北京市朝阳区西坝河南里17号楼
邮编　100028
电话　（010）64678009

如发现图书质量问题，可联系调换。质量投诉电话：010-82069336

致我的前男友们

目录

作者的话

序言

“欧巴，在想什么？”

坐在我对面的暧昧对象的声音一下子让我回过神。

“嗯？没什么。”

我露出若无其事的笑容。

八月某个平凡的周末，我和朋友介绍的女孩进行第三次约会。

她个性善良，不仅如此，还拥有我所喜欢的双眼皮、大眼睛和雪白肤色。即使面前坐着这样的女孩，我脑海中却仍浮现着一幅机场的画面。

阳光透过玻璃窗照入机场。在广播通知声、轮胎刮擦声和人们谈笑声中，有一个女人沉默地站着。

四年前，我也有个女友。

在毕业前那个学期的法文重修课上，她是唯一一个和我有相同处境的同龄人。但她和每日忙着准备就业、考托业的我不同，她可以悠闲地参加电影节，或是去当舞台剧工作人员。

有点奇怪的她引起了我的好奇心，很快地，好奇心变成了好感。我帮她检查课堂作业，找她一起准备考试，努力追求之后，我们终于成了情侣。那之后，我们天天形影不离。

她包容了作为应届毕业生的我巨大的不安与神经质，是让我既小鹿乱撞又自在舒服的人。

我有生以来第一次有这种感觉——深信她就是我的真命天女。

二〇一六年八月，我们迎来交往一周年纪念日，而一周后，我将飞往美国。我们将展开为期一年、有着十六个小时时差的异国恋爱。

这是个不容易的决定。当时，我陷入了找工作的泥沼。在求职停摆的状况下，我绝对不能错过那个实习空缺。家人、朋友、同学和教授，所有人意见一致，唯一反对的人就是她。我定好出国日期后，她每天泪流不止。

我出国的那一天，按理说，应该是亲吻承诺我们一定能撑过这一关，即使身体远离，心也绝对不分开才对。但那天，她用一则短信代替自己扑向我的怀抱。

几年过去，我仍清晰记得那则短信的每个字：

> 胜俊，我想了很久……
>
> 我实在办不到。
>
> 我没信心和你分隔两地。
>
> 对不起……
>
> 我很想见你，可是我没勇气在机场笑着拥抱你。
>
> 我们分手吧。

读了那则短信，我的泪水瞬间决堤。我打了数十通电话给她，却无人接听。不管是实习空缺还是什么，我都不想管了，当下只想奔到她身旁。也许，这也是她所期望的？在我想东想西的时候，时间依旧流逝着。

三十分钟后，我走向了登机闸口。我当然真心爱她，可那则短信给我的伤害和背叛感过大。怎么能提分手？我恨透她了。

当我拿着护照和机票排登机口的队伍时，我都不敢相信，不过才一小时，我的处境居然和期待产生了天壤之别。一想到去美国要适应新生活，我就不由得感到痛苦寂寞。泪水仿佛又要流下了，我下意识地撇开头。

那时，我模糊的视野里出现一个熟悉的身影——远远地望向这边，穿着黑色连帽T恤和黑色紧身裤，用袖子擦泪的她的模样。好巧不巧，检查人员正要拿走我的护照和机票，我疯了似的抢回后，脱离队伍朝她的方向奔去。

但我怎么也找不到她。我在原地转了好几圈，直到过了登机时间，机场广播着我的名字，我仍不停地寻找她。

我不想相信也不愿意承认，但除了看错之外，没有别的解释。是我想见她的心过于迫切，以至出现了幻觉吧。可是，那幻觉过于清晰，变成了我对她最后的印象。之后，我再也没见过她了。

坐了十几个小时的飞机抵达陌生城市，我却因飞机上的廉价红酒而宿醉头痛。奇妙的是，酒醒后的我与过去的我判若两人。

在美国的一年，我像是发现了自己也不知道的新才能，不管是韩国人、日本人还是美国人，来者不拒，跟各种女人交往。是不是爱情一点都不重要。我不想再被短信通知分手，再因女人而哭泣了。这种事也的确没再发生过。

事情过了四年，我以为我忘得一干二净，可是，为什么那一天又突然浮现在脑海？我明明克服了过去，好好地过着我的人生。是因为刚才窗外开过的机场巴士吗？还是因为拖行李路过的观光客？

“欧巴，你喜不喜欢看展览？我朋友说艺术殿堂那边有很有趣的展览，下周就撤展了……”

“啊，这样吗？我喜欢展览！是什么展览？”

不晓得是不是发现我的心不在焉，对面的女孩用可爱的语气和表情，努力吸引我的注意。这句话的意思是下周见吧？今天是自朋友介绍后的第三次约会，也是时候决定两人关系了，因为这是处于暧昧游戏中的选手间某种无须明说的约定。

她是个比我小四岁的平凡上班族，有着美丽的长发和丰满的身材，会撒娇，浑身充满女人味。我们没什么共同的兴趣爱好，其实，我不太清楚她的兴趣爱好。但她很爱笑，也很积极附和我的话题，所以沟通没什么困难。看起来像是生长在一个备受疼爱的小康家庭的她，时不时偷偷卖弄着魅力，今后的性生活应该也会很不错，好像会是个贤内助，似乎也很会教养孩子。作为结婚对象来说，她真的很不错。

怪就怪在，我好像很难跟她继续交往下去。这些女人大多渴望步入婚姻，家里也催促着婚事，而我也有想结婚的念头。老实说，我本来以为我三十岁就会结婚生子。

天涯到处是芳草，大半芳草钟情我，只要我下定决心就行了，但真要付诸行动，我却屡屡卡关，对于现在眼前的女孩也一样。当我想象和她的未来时，眼前一片茫然；当我看到她对我的期待眼神时，更是如此。

我边发呆，边听她说着从朋友那儿听来的但说不定是拼命搜集网络资料所找到的法国作家的展览信息。

这次我该怎么做才好?

巧遇的她

“我朋友在附近，我去见朋友。”

这段日子以来，我们约会结束后，我会送她到家附近，今天她却先开了口。经过几小时的吃饭喝茶，按理说应该确定关系了，我却什么也没说。她的表情一如既往地平静，但说不定等会儿跟朋友见面，会把我骂得狗血喷头吧。

“回家小心。”

她活泼的笑容与礼貌的姿态，反而让我更郁闷，我决定用散步来缓解不怎么愉快的心情。去你的确定关系。老实说，比起还没确定，是确定不了。我就是开不了口说要确定关系，所以被女方埋怨是天经地义的。为什么这种话题总是要男人开口？一股委屈油然而生。

我本来想约朋友喝一杯，但又马上作罢，因为那些家伙大部分都是有妇之夫，周末晚上约吃饭根本是天方夜谭。

是因为这个女孩不对吗？我需要找人介绍新对象吗？想着想着，我不自觉叹了口气，“这到底是第几次？”自我介绍、喝茶、尴尬寒暄、客套……我真的厌烦了。

走了一阵子，不知不觉我走到了普信阁前的十字路口。正逢日落时分，夕阳染红了天空，周末的钟路人来人往，这附近扩音器不断地传出激烈的口号声，是太极旗集会吗？反正我不想接近喧哗的地方，是时候回去了。

女性不是生子机器！

不是！不是！

回荡在我耳边的，是比预期中更年轻的女孩的声音：

孩子妈在受罚，孩子爸跑哪儿去了？

“家事孩子全丢给女人，这是在惩罚女人！”

“处罚男人吧！”

这些口号不算陌生，但我却感到有些怪异。我好奇地看向路对面，那里有列队成阵的警察和坐在警阵前的人们，还有到处挂起的布条字幅：

堕胎合法化！

我也是生命！

听这些女人的呼喊声，我心想：难道她们就是“激进女性主义者”？

我不喜欢消耗精力的网络活动，比如无谓的网络骂战，不过，浏览网站还是很有意思的，所以我一天会去看一两次母校论坛。不知从何时起，论坛里活跃度最高的话题是：男女差别待遇、逆向歧视、性犯罪、女性主义……

网络论坛上相关的激烈争执真够奇怪，就像是一群极度厌恶男人的讨厌女人的无理谩骂行为，每句话都以该死的“韩男[1]”作结……男人仅仅因为出生在韩国就被骂得狗血喷头。我究竟做错了什么？不要说性侵，我都没动过女人一根汗毛，每次出门的约会费用全是我出；约会结束后，我还会很有绅士风度地送女方回家，为什么连我也遭殃被骂？为什么我也被她们视为潜在犯罪者？

老实说，我觉得激进女性主义者只不过是“仇男的女愤青”罢了。与我同龄的男性和我想法如出一辙，不，不只男性，思维清晰的女性也是这样想。激进女性主义者的主张毫无逻辑可言，不过是单纯发泄情绪，因为她们凡事都在主张扩大自身权利却不肯尽义务，因为她们只是不想受到差别对待，想被人保护而已。男人们累成狗，没得到半点好处，干吗老是说我们占了便宜，这不是耍赖是什么？

最近我浏览社交网站，偶尔会有文章提到太害怕自己不小心交往到激进女性主义者而自愿当单身汉的男人，而我身边的女同事，或是过去的约会对象，没有一个人是“激进女性主义者”。那些女人究竟在哪

1 韩男：“韩国男性”的缩略语，带有贬义。

里出没？难道就像网络文章所言，那些女人全都是“肥婆”，所以全部宅在家？今天和我约会的女性，会撒娇，说话温柔，我的相亲对象全都是这个样子的，我在现实中遇到的女性都跟网络上说的激进女性主义者形象差了十万八千里。

这一天我终于目击到传说中的激进女性主义者，所以我单纯出自好奇心，想看看什么样的女人会是“激进女性主义者”。

恰好红灯转绿，我忍不住好奇地跟着汹涌的人潮走向了普信阁。我佯装到钟阁站小吃街办事，接着小心翼翼地转移了视线，一步步走近示威现场。

我靠近后才发现那些女性示威者全都穿着一身黑衣，戴着口罩和帽子，压根认不出她们的真面目。我唯一看清楚的只有她们大多是短发，体形各异，和网络上流传的肥婆体形不一样，其他的再也看不出来了。

一无所获。太无趣了，我决定打道回府，于是回头走向普信阁那头的钟阁站出口，结论是我对今天约会的女性兴趣乏乏。我是不是该下载一个职场后辈们推荐的约会App？正在我边走边盘算之际，眼神恰巧对上一名刚走出示威现场的穿戴黑衣、黑口罩、黑帽的“激进女性主义者”。事实上，我只看得到她的眼睛，所以我没有任何想法地走向斑马线。

问题在于下一刻，那名黑衣“激进女性主义者”不知何时走到我的身旁，盯着我看。这是什么情况？我转头看她，有股不祥之兆，我不像她那样戴口罩或帽子，毫无防备的暴露状态让我有点不安。虽说这个女人身高只到我肩膀，且体形偏瘦小，不太可能发生什么事，但被奇怪的女人无缘无故地盯上，让我心里直发毛。这女人搞什么？我做了什么吗？她干吗对我这样？

红灯变绿的时间顶多一分钟，而那一分钟是我有生以来最漫长的一分钟。对方遮住整张脸，相比之下，我露出整张脸，这让我不快、害怕，满脑子只想快点摆脱这个情形。

那个女人得寸进尺地光明正大打量我，我很想问她“你看什么看”，却无法爽快开口。我有种不祥的预感，不是会有那种情形吗——别人提前设好圈套，就等着我开口的那一刻往圈套里钻。我总感觉这不是一个能进行逻辑对话的对象，加上有种莫名的预感，我认为从一开始就不要埋下祸根，为免后患，我决定先走为妙。

红绿灯终于变了。

我就像一个久候于起跑线的百米赛跑选手，在红灯改变的瞬间，迈大步走过斑马线。我身后的绿灯在过马路的时候开始闪烁，并且发出阵阵“哔哔”的提示音，这让我稍感安心。我随即往后瞥去，想确保那些疯女人的口号声和黑衣黑口罩都消失，而我也回到我正常的人生。

在回头的瞬间，我看见那个一身乌漆墨黑装扮的女人正向我跑来，正如字面意思，她“跑”向我。我一身利落装扮，还穿着高级小牛皮皮鞋，却出于一种本能的恐惧，只能做出一点都不搭的举动——不管三七二十一地撒腿就跑，甚至无暇思考我把车停在哪里。

就在我全力奔跑之际，迎面而来的人们纷纷露出惊讶和好奇的表情，他们的视线自然地看向我的身后，接连发出了不明就里的“哇哦”和“呜哇”的惊叹声。我虽然好奇，但更害怕，以至于无法回头看。

我心里盘算，假如我沿着钟路奔跑，可能会因为遇到太多红绿灯致使速度变慢，立刻被抓住，于是我改奔向鲜有红绿灯的小巷。当一栋疑似两层楼高的开放式商场映入我的眼帘，我心生一计，跑进男厕就行了吧？我突然觉得自己很像回到童年玩捉迷藏游戏，不过总比展开荒谬的市区追击战好。

我跑进商场找洗手间，就在此时，“男洗手间在二楼”的字句无情地进入我的视线内。可能是最近运动量不足，我的体力逐渐达到极限。我气喘吁吁地奔上了楼梯，等我跑到楼梯尽头，已是大汗淋漓，活像个尿急跑厕所的人。我慌乱地跑着，总算发现了男厕，就在我正抓住门把手要冲进去时，一只娇小的手放上了我的肩膀。

“呃啊啊啊！”饱受惊吓的我失声大叫，“为什么……为什么要跟着我，真是的！”

那个紧追我不放的女人，现在就站在我身后。我与她四目相交，被口罩遮住大半张脸的她，圆眼变成了弯弯的月牙状，那双笑眼让我的恐惧感达到了顶点。

笑？

“喂，金胜俊，好久不见。”

那一刻，黑衣女人取下了左耳的口罩绳，我顿时瞠目结舌，说不出话来。

是她！——四年前单方面通知分手的她，在我的恋爱史上留下最大伤痛的她。

我最爱的女人，也是我的初恋。

她变成了“激进女性主义者”，再次出现在我面前。

干脆不出现更好

“你干吗跑成这样？你犯法了吗？”

“喂！你干吗不早点说话啊，盯着我看又死死追着我，吓死我了！”

“一开始我以为只是长得跟你很像的人，越看越像你，正打算和你搭话，你就一溜烟地跑掉了。”

她言之有理，我无可反驳。恍惚、荒谬，此刻我的心情难以言喻，我虽想过有朝一日与她重逢，但没想到是用这种方式、以这副德行。

怪不得有股奇怪的预感，本以为已经遗忘的四年前的回忆瞬间涌现。说不定后来的我看到窗外有穿黑衣的女人走过也会下意识注视，正是因为四年前我在机场见她的最后一面，哦，不，是我单方面相信是她的那个人，也是一身黑衣。

一切过于突然，她摘下口罩笑道："因为你，我跑得肚子饿了啦，你得请我吃炸鸡。"她厚脸皮到仿佛我们之间发生过的一切都不算什么。

我们是可以笑着装熟的关系吗？偶尔想起你，我还是会撕心裂肺，你真是……内心五味杂陈的我却违背本意地迈开脚步，向她推荐附近有名的炸鸡店。

不知不觉间，我们面对面地坐下了。

"哎哟，好热。"她脱下帽子，顺着她的动作，一头短发发丝沿着下颌线散落。记得我们交往时，她留着及肩长发。

我总算看清了她的五官。她没什么变化，马上要三十岁的她脸上带着点稚气未脱的神情，未施脂粉的脸和过去相差无几。她以前就不会化大浓妆，一方面是皮肤底子够好，不需要刻意打扮；一方面是她会化妆的朋友只教了她一种画法。然而在我眼中，她已足够美丽。

"哇，我真的没想到会这样碰到你。喂，你看到我不高兴吗？"在我调整呼吸的时候，她一点也不尴尬地嘟囔着。

“当、当然高兴……”

虽说我的心情不是一句高兴就能表达的。

“你过得好吗？我们多久没见了？”

“大概四年吧？还不就那样过，上上班，也没干吗……”

“已经四年了吗？哇……”她一脸讶异，合拢双手感叹道。

“你呢？做什么工作？”

“啊，我是编辑。”

“你在出版社上班？”

“对啊，不过我最近考虑出来独立。”

“这样啊，我也很想辞职。”

仔细想想，我和她交往的时候还在找工作，满脑子着急就业的念头，原来人心如此难测多变。

“你以前就想进出版行业，不是蛮好的嘛。”

“好不好很难说，真的进入这一行就觉得不怎么好。你呢？在美国怎么样？过得好吗？”

我们像是多年不见的老友般闲话家常，直到“美国”这个字眼唤起了我遗忘的情绪。这段日子以来，这个话题出现在我和朋友的酒桌上无数次，那次离别伤我极深，让我变得无比凄凉。当时的我孤独哀怨地在陌生的小房间里，度过了到美国的第一个夜晚，而我从没想过会和当事人聊起这个话题。

“……就那样。”

“那样是哪样？”

“没什么……我不想聊这个。”

“为什么？”

什么为什么……

她不当一回事的反问，让我的理智瞬间丧失。

“你怎么可以问我为什么？！”

“怎么了？为什么不能问？”她睁大眼，一脸事不关己地反问我，真是贼喊捉贼。

“你那样子……单方面发了短信分手，还问我为什么？”

“……”

“你让我多难受，伤我多深，现在随随便便出现在我面前，好像什么事都没发生过……我和你是在办二人同学会吗？”

说着说着，一股辛酸涌上心头，我气到眼泪夺眶而出。哇，今天到底是什么日子？整个人走霉运不说，万万没想到我会坐在上班族最爱的炸鸡店里大哭，我为自己感到万分心寒，于是飞快地擦掉泪水。

原先默不作声的她突然大吼："有人叫你走吗？"

"……"

她的双眼噙泪："是你自己要去的，我叫你不要去！你以为只有你难受吗？你又懂我的心情吗？"

不知何时她情绪崩溃，埋头痛哭，我吓到眼泪顿时收回。

"那个……"我不知所措地碰了她的肩膀。

"不要碰我！"她整个身体缩起来尖锐地说，然后又哭了好一阵子。

她哭，我也只能坐在一旁发愣。那个单方面发分手短信，在我飞去美国的十三四个小时期间一则短信都没有，之后无情断绝联络的坏女人到底是谁？

我的朋友们知道这件事后，纷纷问我她是不是劈腿了，是不是一知道我要去美国就劈腿。我之所以没有严正反驳朋友们对她的责难，是因为如果我不那样想，会撑不下去。

然而，那样的她现在却在我面前哭泣。女人心，海底针。

店员看到她低头抽泣的样子，满脸尴尬地把啤酒和炸鸡放上桌。餐食还没上桌，我们就已经吵翻天了。

我们荒谬离谱的行为把彼此累得筋疲力尽，最后各自默默地吃起了炸鸡。我跟着她举起啤酒杯干杯，凉爽的生啤下肚，杯子瞬间见底。等我稍微缓过情绪之后，慢半拍地意识到了自己的样子有多窘迫，刚才还跑得满身是汗，我一定变得很落魄吧……那也没办法，今天是帅不起来了。

我赞叹着炸得酥脆的外皮后大啃炸鸡，想也没多想地说："你用那种方式分手，害我现在不敢相信女人了。"

"少在那边搞笑。"

"真的好不好。在那之后，我在美国和韩国都没谈过像样的恋爱。"

她敷衍着点头，回嘴道："我才不敢相信男人了好不好，虽然未必是因为你。"

"为什么？"

"因为遇到了太多疯子。"

“什么疯子？”

“就是疯子……”

“你干吗跟那些疯男人交往？你条件哪里不如别人了！”

我有说这种话的资格吗？不好说，但我忍不住怒气冲冲地开口。她本来安静地啃着炸鸡，安静到让人担心不知道何时又会落泪，然而下一秒她提高音量说：

“疯子额头上会贴着‘我是疯子’的标语吗？我要怎么知道他们是疯子，然后避开他们？我以后不交男朋友了。我受够韩男了。”

天啊。

我不自觉爆笑：“哇，你刚才说了‘韩男’吗？”

“是啊。”

“我第一次亲耳听到别人这样说。”

“你不上网吗？”

“上啊，所以我才说第一次亲耳听到！”

我是真心感到怪异才这样说，但她一脸失望痛心。

“看你身边的人，我可以大概猜得到。”

我看着她，冒出了一个有趣的想法，问道：“喂，那我也是韩男吗？”

“我哪知道你现在是怎样的人？”

“那从四年前看来呢？”

她露出无言以对的表情，蹙眉认真地回想。这算什么，我为什么要紧张？等待她回答的时候，我紧张得喘不过气，她总算开口：

“你是有一点韩男的气质。”

“噗哈哈！胡说八道。哪里有比我更善良，更会替女友处处着想的男友？”

“就是因为这样，我才说你有韩男的气质。”

她的话使我再次爆笑，怎么会有这么可笑的话！她也冲着我笑，是那种万念俱灰的笑容。

我笑着反复咀嚼着她的话，后知后觉地拼凑好碎片。

“所以你是因为这段时间和疯子们交往，才去参加激进女性主义者们的示威活动？你该不会遇到恐怖情人，被对方施加约会暴力吧？找死……是哪个浑蛋？”

这次轮到我正经八百的样子逗笑了她。

“哇，我第一次亲耳听到男人说激进女性主

义者。”

“你不上网吗？”

“你知道我刚才参加的是什么示威活动吗？为什么这样说？”

“呃……怀……孕？”

“啧，算了，你出去不要乱说这种脑残的话。”她没好气地说，害我又笑出声，因为是她口中说出来的，所以听起来有点可爱。

“你说什么？脑残？你一个出版行业从业者可以用这种词汇吗？”

“哈，因为没有别的词可以形容你了。”

“要不是我说的这样，你为什么要去示威？四年前你对那种事情根本不感兴趣。”

“是吗？”

以前她的形象绝对和社会活动家有一定距离，比起新闻和纪录片，她更喜欢小说和电影。这个世界是这个世界，我是我，大概是这种感觉。

“这个世界把我打造成了一个女性主义者，怎么办才好？”

“女性主义者？哇，厉害哦。”

"'女性主义者'这个词语你也是第一次亲耳听到吗？"

"是啊。"

我点头，她又笑起来了。

接着，她的视线飘向虚空中，感伤地说："如果我们现在才认识，一定不可能交往。因为是那时候，因为是四年前，所以才能交往。"

"是吗？大概吧……"我嬉皮笑脸地点头。

没错，就算是她，我也不可能会和传说中的"激进女性主义者"，不，和女性主义者交往，天涯何处没有温柔又善良的"优质女孩"，我何必单恋一枝花……

两人陷入尴尬的沉默中，我再次伸手拿了最爱吃的鸡翅，这次却吃得有点不是滋味。

"不管怎样，能这样碰到也是一种缘分。很高兴见到你。"她直爽地说，仿佛想化解这份尴尬。

我们重新干杯，酒杯碰撞发出清脆的"锵"的一声。

接着……

我再次睁眼，看见的是陌生的天花板，我想起身，却惊讶地发现她赤裸地睡在我身旁。这里是旅馆。到底怎么一回事？我从床上坐起，因宿醉而头疼，抱头拼命回想昨晚的事。

“喂，我们续摊吧！再喝杯烧酒！”

“续第三摊吧！再续一摊，这附近有不错的酒吧！”

就是这样。多年不见的她变成了“激进女性主义者”是有点怪，可是和她一起喝酒实在太有趣了，所以我假借“同学会”的名义缠着她续摊再续摊。

“你知道我以前有多喜欢你吗？”

“我更喜欢你好不好！”

“才不是。我更喜欢你。”

“我那时候真的哭得好惨。”

“我哭得比你惨好吗！”

“我被心爱的女友甩掉，一个人孤零零到美国的心情，你最好能懂！”

“你不想我吗？”

“我不想回答。”

“为什么不回答？回答啊！说嘛，你说说看啊！”

断片前的回忆全都是天真烂漫的胡言乱语，我们哭哭啼啼地斗嘴，谈着四年前的事。到了凌晨三点我去结账，她从洗手间回来……我们一起走出店外。

“你怎么回家？要帮你叫出租车吗？”

“嗯？嗯……”

在小酒馆前的无人巷弄，因喝醉而踉跄的我们对上眼的那一刻，没有谁先行动作，我们就像有着强烈吸力的磁铁般互相吸引，朝着对方的嘴唇而去。我们热烈地亲吻，就像等这一刻等了一辈子的人。真是美好的感觉。我们紧紧拥吻，自然而然地来到了这里……我抱着一线希望掀开棉被，只看到脱下的衣服和用过的安全套。

“嗯……”

身旁的她发出细微的呻吟声，我看着一丝不挂的她，四年前的情景和那时候的心意都死灰复燃。果然，不管是她或是我，昨天的反常和偶然的重逢，算是我们对彼此都仍有眷恋吗？是因为对对方还有意思吗？我见过许许多多“优质”女人，她的条件没有那些女人好，她甚至会穿着黑衣参加奇怪的集会，这点非常扣分。但关键在于，她是她，没有任何条件能取代这一点。全世界只有一个她。

我在每个女人面前都能保持平常心，能让我做出狂奔、哭泣和种种不经大脑的冲动行为的人，只有她。而她性感如昔，我（以前也）很喜欢。

我的恋爱和约会观非常传统，或许她的出现真的是一种命中注定，从她愿意和我过夜来看，她的心也和从前一样。我不由自主想入非非，她的睡脸真可爱。

“嗞，胃好疼……”

这时她翻身呢喃，那富有弹性的胸部晃动着，尽管她皱起的脸上有眼屎，我还是觉得她很可爱。

“睡得好吗？大宝贝。”我躺低，依偎到她身旁开玩笑说。

真是个浪漫的早晨！

“呃，你在干吗？”

她开口的第一句却是这种话，甚至出手拍掉我托着下巴的手。

“你干吗！”

丢“面子”的是我，她却不理不睬，径自潇洒起身，从内衣裤到衣服一一穿戴整齐。

“好累。我吃个解酒汤再回家吧。你忙就先走吧。”

什么？解酒汤吗？现在这种情况吃什么解酒汤……

“搞什么鬼，现在是什么情况？”

“怎么了？”

又！又是那种若无其事的表情——是那个以前经常激怒我的表情。

“我们不是一起睡了吗？”

“所以呢？”

“四年前相爱分手又重逢的关系变成这样的话……”

“这样是怎样？”

真是的！我忍不住大喊：“什么啊！”

“干吗生气？你想说什么？”

我在床上语无伦次的时候，她穿回了一身黑衣，回到昨晚令我害怕的那个样子。

“你跟我睡不是因为你对我还有感情吗？不是要

跟我复合才跟我睡的吗？”

“这件事不是昨天说过了吗？我们以前交往过，现在不能交往了，我们不合适。”她假装理性地说。

哈，搞什么鬼，这种差劲的心情算什么？那个角色本来应该由我扮演才对吧，在旅馆醒来的早晨，女人问“我们现在是交往了吧”，男人打马虎眼，“慢慢来吧”“我们其实没那么合得来”打发掉女人的角色。

“只要喜欢不就好了？合不合得来一点都不重要！你不是也喜欢我吗？”

可是今天我只有气得跳脚耍赖的份。可恶，她发出“啧啧”声，扬起一脸假笑。

“喂，大家都是三十岁的人了。快点穿衣服！不然我先走了。”

我迫不得已下床，捡起散落一地的衣服，穿上。不知道是不是因为昨天流了太多汗，衣服穿起来很不舒服，而我的心里更不舒服。

“那你为什么要跟我睡？为什么！”我边把脚穿进裤管边嘟囔。错已铸成，在她面前我又何必保持绅士风度？

她露出了介于烦躁和烦恼之间的表情，无奈回答："我也不知道！太久没见面又加上喝了酒，心情就像回到过去……太久没做，所以动情了！你不是也很开心吗？那不就够了，不是吗？"

动情？她高尚的用词气得我头昏脑涨。

"去吃解酒汤吧？我请客。"

她略显抱歉地拉住我的手，就连那个微妙的表情也让我觉得极度碍眼，不过我还是和她面对面坐在了二十四小时营业的解酒汤店。

"哇，一定很好吃。"

热腾腾的汤香味扑鼻，她把虾酱加入汤里，边感叹边兴奋地搅散。我讨厌那个兴奋的模样，所以选择保持沉默。

"呼噜噜，呼噜噜。"

我们安静地吃着血肠汤饭，温热的汤让我的胃变得舒服，但我心里依然不舒服。如之前说好的，这次她请客。

我们吃完出来，她掏出香烟叼在嘴上，我诧异地问："你抽烟？"她满不在乎地答："昨天出去抽了好几次。”看来我醉到忘了。她抽烟的样子太帅气，戒烟的我被勾起烟瘾，加上想缓解一下心情，所以抢了她一根烟，跟着抽起来。

星期日早晨，市区街道静谧清冷，我居然从旅馆起床吃解酒汤，好久没发生这种事了。现在的我不觉得短暂的关系有趣，老实说只是打发时间罢了。

我到了想安定的年纪，我在寻找love of my life，我生命中的那个女人。说不定那个人就是你。

“所以你真的不打算和我重新来过？”

我明知说出这个问题很窝囊，还是忍不住旧话重提。

她笑答：“你都说我是激进女性主义者了，你不是讨厌激进女性主义者吗？你这个韩男。”

真是让人泄气的回答。

“你本来不是那种人！”我心烦地提高音量。

她快速地抽完烟，用脚踩灭了烟头说：“我现在就是那种人。保重！”

“喂！”

从昨晚到今晨，这么长一段时间的相处，我们谈天说地，甚至接吻做爱，而她却挥挥衣袖不带走一片云彩，也不留下联络方式就走了。我望着她仓促离去的背影，把烟头丢在地面，用力地踩灭。抽烟果然无助于改善心情。

既然都出现了

周末就这样过去，接下来的一个礼拜，我的心情都非常不美丽。我把怒气带到职场上，乱发脾气，以至于被组长怒目而视。

我和那个约好一起去艺术殿堂看展览的优质女性也断了联络，对方没有联络我，一如往常，我的约会就这样结束。虽说不是第一次，不过毕竟我和那位优质女性有过几个礼拜频繁分享日常生活，就这样结束，实在有点怪。我果然厌倦了不停地约会。

另一方面，也有件事让我很庆幸。我全神贯注在重逢的她身上，但由于我不知道她的手机号码，也不知道她的住处，更无从打听她人在哪里，想全神贯注也不知道该贯注到哪里好。这种忧郁的心情真是久违，我对某人有兴趣却被干脆地打断，而且竟然没有能再联络上她的方法。

我能做的只有不停地回想关于她拒绝我的逻辑，还有她是“激进女性主义者”的事实。我不是自我告诫过，绝不能和激进女性主义者交往吗？我不断地提醒自己这件事，借此自我安慰，在公司和家里，我一有空就上网阅读“追诉韩男”“6.9cm[1]”这类主题的文章，越看心情越不爽，确实冲淡了一些对她的好感。

然而不爽只是暂时的。每晚睡前或是地铁上发呆时，我不受控制的脑中涌现四年前她的模样、上次见面她的眼泪、那晚我们像疯了般地接吻与亲热过程、那一夜我的心跳声以及看着她的睡脸时我脑中构想的未来情景等等，每个画面都鲜明地浮现在我的脑海中。

四年前的她不是那样的，一定是遇到了很糟糕的事情吧？假如她是因为被奇怪的前男友们伤了心才变成那样，我有足够的能力替她治愈伤痛吧？

1　6.9cm：韩国男性敏感部位平均值，激进女性主义者拿来贬低韩国男性的用语。

在短短的一个礼拜内，千百种想法盘旋在心，我终于得出了我愿意接受也想接受的结论，即便我并不清楚我能否实现那个结论，也不知道实现它的方法。

说巧不巧，我要好的高中同学们要举办聚会。老实说我没有赴约的心情，因为包括我在内的所有同学里只剩两个单身汉，而举办这次聚会的契机，则是其中的一个单身汉为了炫耀自己即将结束单身。

那小子是真的遇到了真命天女才结婚的吗？为什么我遇不到我的真命天女？我哪一点比不上那小子？为什么我的前女友变得这么奇怪？为什么拒绝我？我又为什么动不动想起她？

“干杯！”

大家一放下酒杯，今天的主角准新郎基贤就开始大聊各种结婚琐事——他的求婚经过、找到结婚礼堂的戏剧化经过、找新房的经过、济州岛自助婚纱拍摄的经过……我对这些事兴趣寥寥，只有聊到和我有关的话题时，我才稍微回神。那小子说他费尽周折才订到的结婚礼堂在良才站附近。啊，那边，我去那里参加过三次婚礼，一想到这里，我不自觉地叹气。

已婚人士不懂未婚人士的心情，我的已婚同学们七嘴八舌地主导话题，我冷眼旁观一群婚姻新手争相发表对婚姻的高见。说实在的，有些可笑，为什么基贤兴奋的模样看起来这么碍眼？我甚至听说很多筹备婚礼的新人会吵到婚礼取消。总而言之，我没话好聊，索性安静地听着大家聊天。

“喂，正义斗士，你最近怎样？”

不知道是因为我发呆的样子很突兀，或是看起来很可怜，坐在我身旁的泰宇跟我搭话。按理说，我应该回“咳，说谁正义斗士呢！”之类，毕竟说空话才是我们一贯的对话模式。

“我真的很好奇你们……”

这次我却出人意料地没回嘴，朋友们交换了慌张的眼神，强作泰然地摆出“大哥我来教你一手”的表情朝我点头。

“你们……你们的太太和女友应该不是激进女性主义者吧？”

空气突然寂静，所有人都用微妙的眼神打量我。过了一会儿，准新郎基贤率先打破沉默：

“当然，当然不是。激进女性主义者是彻头彻尾的神经病！根本不像话，智秀绝对不是那种人。”

“没错。精神正常又漂亮的女性是不会有那种想法的吧？只有有被害妄想的丑女才会有那种倾向，因为她们没人爱。”

“最近那种女人满大街跑，天天高喊着女性主义，看得我真的是……我真的不知道要怎么和现在的女性交往，现在二十多岁的男人真是可怜。”

“听说我们高中的女生学生总会也没了，这是当然的了，现在是两性平等的时代了，不是吗？女性主义是什么东西，那都是一些想榨取好处的人才在那边发神经。”

“就是说啊，我妈对我老婆超级好，最近都是婆家看媳妇的脸色生活。”

朋友们像是想挽救先前沉默时的尴尬，争先恐后地发言。

“不过你们亲眼见过激进女性主义者吗？不是在网络上，而是在现实世界中……”

朋友们因我的提问再次交换慌张的眼神，坐在我对面的东延警觉到了什么，他说：

“什么跟什么啊？你该不会最近在跟激进女性主义者交往吧？”

“哇哦！正义斗士的女朋友是激进女性主义者？”

“最近一大堆网络文章说，暧昧对象是激进女性主义者，要不然就是单恋的女生是激进女性主义者……”

“喂，快点甩了她。你哪里不好了，干吗和那种女人交往？”

“可是……说不定你们并不了解那种人，不是吗？”

在听到朋友们的大呼小叫后，我不自觉地说出心声，因为我也不晓得为什么她会变成那种人。

整个世界像是陷入时间停止的状态，大家又一次沉默。

“最好是不了解啦！”

朋友们的声音比先前更大、更急躁，看来我扔出了一颗炸弹。

“这小子真的疯了，疯了。”

“我太太有没有上奇怪的社群论坛，我都会看的！”

“我跟她说过很多次不要上推特看那种东西！”

“我阻断了她接触那些言论的所有渠道，哪怕只是瞥一眼都不行！”

“她要是有那种倾向的朋友，我会叫她绝交！”

朋友们态度反常，气势汹汹地抢着发言，我决定先问我想知道的部分。

于是我问：“那样做，她们就不会变成激进女性主义者了吗？”

“当然了！男人打起十二分精神，女人就不会变成那样。”

“听说有情侣吵得非常凶，有男友改掉了女友的那种倾向。”

“干吗那么辛苦？天底下没有那种倾向的女人多的是。”

“喂，那女的漂亮吗？”

“就是因为漂亮，她才会这样。”

“漂亮的女人怎么会变成那样？”

朋友们大肆谈论的声音在我耳边嗡嗡响着，我的大脑只剪辑了自己想听的话：“那种女人是因为没人爱”“男人打起十二分精神”“有男友改掉了女友的那种倾向”……

“欸，你说话啊！你在哪里认识那个女人的？”我发呆的模样惹怒了基贤，他生气地问。

我吞了口口水看向大家，在场的每一个人都是我多年老友，而有段日子我聊她聊到大家听得都烦，所以如果我说出“四年前的机场前女友”，他们都会立刻知道是谁。

“反正就是认识了一个女人，偶然间认识的。”

我支吾着，实在说不出口，她早被我的朋友公认为我人生中最恶劣的“贱女人”，光是她的重新出现就足以震撼全场，何况她还变成了激进女性主义者。而我甚至在为她苦恼，这会让我显得有多蠢。经过三思，我认为现在还不是时候揭露她的身份，等到问题解决后再坦白也不迟。其实她四年前没有劈腿，是因为和我异地恋太难受，是“因为太爱我”才提分手，而我们经历长时间的相思之苦，命运安排我们重逢。要说出这种超浪漫的故事情节才行。

“所以你偶然认识的到底是谁？”

朋友们无法轻易接受我的说辞，坚持要挖掘更多具体细节。我装傻沉默，喝着面前的啤酒。

放弃，言之尚早。我喜欢你，你也喜欢我。假如激进女性主义是个问题，解决那个问题就行了，即使它是过去没有过的问题，解决也易如反掌。我打定主意后默默地听着朋友们谈天说地，然后回家。

“嘀嘀嘀嘀”，熟悉的大门开锁声响起，我回到家，看到老妈一个人坐在客厅看电视，而老爸已经回房休息。时间过了午夜，让老妈等门我有点抱歉。

“今天去了哪里？”

“基贤说要结婚，你记得吧？我高中同学基贤。”

“记得，基贤也要娶老婆啦……”

老妈的感叹掺杂着一些别样的意味，我没回话，径自进房。

身为独生子的我，背负着被爸妈催婚的压力，我很理解他们的期待，说真的我也很期待，但结婚不是说结就能结、冲刺一下就有成果的问题，也不像念书仅凭一人之力就能完成。

这段时间，对她的想念给我造成了困扰，困扰有多深，我对她的热情就有多高。也许是对爱逐渐冷淡的我遇到了真心想把握的对象，从现在开始努力，或许能开启一段缘分，并带我走入婚姻，可是这个我想把握的对象甚至还抽烟，我该怎么办？

不管了，现在我实际要想的问题是怎么找到她，得先见面才能谈以后。我不知道她在哪一家出版社工作，虽然我依稀记得她以前住的社区，但谁知道她现在住在哪里……我在脸书上反复搜寻她的名字却徒劳无功，其实几年前无聊的时候我就搜寻过，总是一无所获，因为她有着很大众的名字。我郁闷叹气，这时有个念头电光石火般闪过我的脑海，尽管盲目，但既然网络搜索这招失败，这似乎是唯一可试的方法。

试一下不吃亏。

为了见她，周末我打算碰运气再次前往普信阁。目前我仅有的线索就是她上周六参加普信阁的集会，也许这礼拜她也会参加示威集会，去那里找她是唯一的方法，就概率来说，值得一试。

即便我很害怕也排斥再次去那个挤满黑衣女人的地方，但不入虎穴，焉得虎子，我万万没想到会有被这句话打动的一天。

周六下午，我下定决心前往普信阁。当我出了地铁，走上往普信阁方向的阶梯，立刻听见女人们高亢的喊叫声：

终止妊娠合法化！

细胞就是人类！

下达违宪判决吧！我就是生命！

这是我第一次听到“终止妊娠”这种说法，我不太确定是什么意思，好像是堕胎？其实我从来没想过堕胎这个问题，顶多在高中辩论大会上进行过主题辩论，但仅止于纸上谈兵，而她们为此要每周举办示威集会，看来终止妊娠是非常严重的问题。如果说胎儿就是生命，那堕胎岂不是杀人？果然堕胎是个有点令人毛骨悚然的事情，亲热时记得戴安全套不就好了？

随便啦，今天我来这里的目的是想见到她。我穿越警方的管制线看向成群坐着的女性示威者，她们和上周一样大多戴着黑帽，要找到她实在不容易，但我别无他法，只能碰运气，搞不好她会像上次一样先找到我。在我们重逢后，我貌似变成了命运论者，一心认定我们之间的缘分并不平凡且禁得起考验。

在我四处张望之际，一名男警察走近我说：“不好意思，先生，你不能在这边随便乱看示威群众，请快点走吧。”

“我是来找朋友的。”

“什么?”

“我和我朋友约好见面，我的手机没电了。我朋友好像在这里，能不能让我再找一下?”

我尽全力摆出无害又可怜的表情。

“就算是这样也不太方便。”

警察困窘地搔了搔额头，我认为不是什么大不了的情况，竭力挤出人见人爱的笑容想省去麻烦。下一秒，三名脖子上挂着“工作人员”的字样吊牌的黑衣女人走来，我立马懂了为什么这位警察会如此困扰。

她们的模样有种似曾相识的既视感，犹如上周的情景重演。我的心咯噔一下，这次还是一次来三个。我使出全身力气，连脚趾都用力地装镇定，压制我想逃之夭夭的真实想法。

“为什么不快点赶走他?”

起先我暗自庆幸她们将矛头对准警察，但下一秒矛头就转向了我。

“大叔，干吗一直在这里看东看西?”

“他是不是带着摄影机在偷拍? 请好好确认!”

“什么？偷拍吗？”

我不过是乖乖站在路边，为什么会扯到偷拍？我的眼神因为过于惊慌而游移不定，警察连忙解释道：

“是这样的，有很多人偷拍示威活动参加者，把他们的样子上传到YouTube或其他社群网站上。”

“什么？我才不是那种人，我是来这里找女友……女性朋友的。”

我真诚地解释，但那些女人仍然皱眉打量我。说真的，真够吓人的。

站在中间的女人带着不容反驳的气势道：“你这样会让示威者很困扰，不行。请打电话联络你要找的人。”

“我再找一下就会走了。我真的没有偷拍。你们大可以确认。”我没自信面对她们的吓人眼神，于是小心翼翼地转身对警察说。

这时，一个活像是吞了鞭炮般的大嗓门吼道：“喂，我们都说不行了，为什么听不懂人话？大叔你不知道你带给这里的人多大的困扰吧？”

多亏了那个大嗓门，那些喊口号的示威者纷纷朝我们这边看来，甚至连路人都惊疑地打量我们。我又不能在这里一一解释我和她之间的事，我内心呐喊：我究竟做错了什么！话在嘴边打转又硬生生地吞回去。

人生第一次被女人劈头盖脸地痛骂，真可怕。我不爽，想回骂，所幸这时警察插嘴道："先生，你还是走吧，这是没办法的。"

啊，真的太夸张了吧！真是的！

我抱着最后一丝希望看向了那些示威者，却怎么也看不清远处示威者的脸，近处的示威者似乎也没有像她的人。事情有必要搞得这么复杂吗？果然激进女性主义者都很敏感，还有点奇怪。扯什么偷拍啦，真可笑……你们逼我拍我也不想拍好不好！

"我知道了，可是我一定要找到那个人，非常迫切。"

要是我就此打退堂鼓还算没事，好死不死我补了这句话，站在我面前的女人开口说：

"我们也很迫切。"

一时间我答不出话，只能默默站着，而她们身后的女人一阵阵的呼喊声传入我耳中。

我的身体，我自己决定！

我的身体，我自己决定！

我不由自主地咀嚼起“我的身体，我自己决定！”这句话的意义。假若她在这里，不，起码她上周是在这里的，为什么她愿意在周末午后穿上黑衣站在市区，喊着这种口号，感觉有点奇怪。什么叫迫切？所谓的女性主义不就是想图利吗？迫切和图利未免太不搭边，然而聚集在这里的示威者们的激情和这三名女性工作人员的真挚语气，听起来倒煞有介事的。

“请你离开，先生。”警察再次轻推我的背。

我这才回神，啊，没错，迫切地发疯也是有可能的，参加太极旗集会的人也很迫切。我无言地转身背对三名女性工作人员和警察，苦涩却又感到解脱，漫无目的地走向了人潮络绎不绝的钟阁站出口。

去你的结婚还是什么的，全都算了吧，尽情享受华丽的单身生活吧！在朋友们忙于育儿、看老婆脸色、深陷苦海的时候，我享有单身的闲暇时光，四处旅行总行了吧！这样总可以了吧！我要疯狂打游戏，每次有新游戏上市就扫货，再骑骑自行车。人生这么难说，谁知道呢？说不定会有年轻美女陷入我的中年男性魅力中……

“咦？”

在我不着边际的绝望和希望交错的想象走向快乐结局的时候，某个熟悉的身影出现在我的视线范围内。是她！跟上个礼拜一样穿着黑衣、把黑口罩挂到一侧耳朵上的她。她看起来才刚赶来示威集会现场，尽管我来这里就是为了找她，但我没想到竟能达成目的。我用尽全身力气放声大吼，可是她的视线固定在手机上，没注意到我的喊声。我苦恼了一下。

“什么啊？”

结果我走向她。我也不知道为什么，是我的心在驱使我的行动，也许是因为我从小信奉“既然会后悔，做总比没做好”的积极人生态度，啊，不知道啦。总之我走到她身边抢走她的手机，用她的手机拨打了我的号码。

“你在干吗？”

“我有你的手机号码了。”

“什么？你凭什么随便来……”

“不要说这个了！你和我聊一下。为了找你，我吃尽了苦头。”

“你在说什么？我要去参加集会。”

“我替你去过了，你先跟我来！”

“你在说什么？先放手再说！”

我不顾她顽强的抵抗，死死抓住她的手腕，拉着她走出地铁站。我暗喜自己摆脱了上个礼拜的落魄形象，摇身一变成了爱情剧里霸气的男主角。

“你找死啊？还不放手！”

但暗喜是暂时的，被我拉着的她发出怪叫，吓得我赶紧松手。

“你真的是！我现在很不爽，不想跟你说话！听到没？”

说完，她转身大步走开。我的天！

“喂，先跟我说完再走！喂！”

上个礼拜的落魄历史重演，我一路追着她跑，感觉自己后背汗如雨下，百感交集。

哈，真的要疯了，她真的是……我到底要拿她怎么办才好？

激进女性主义者的真理和一百万

“我要冰美式。”

在我放声大喊、死命纠缠和恳求之下，她好不容易同意和我一起到了咖啡厅。咖啡厅玻璃大门一打开，她马上把我当成负责点餐的店员，对着我下单，接着自顾自地找座位坐下。我端咖啡回来坐在她对面，她拿下帽子，撩起额上的短发。

“你想说什么？”

她的五官仍旧小巧可爱又鲜明，但口气活脱脱是日本漫画《灌篮高手》里还是不良少年时期的三井寿，以前的她也有这一面吗？过去的她确实偶有强势的一面，但没现在这么……强势到让我不知所措。

我深吸一口气，像是饶舌歌手一样飞快地说：“你没给我你的电话号码，为了找你，我真的……

我去了普信阁前面闲晃，被警察和恐怖的姐姐们包围……”

“说重点。”

“和我交往吧。”

“我走了，不要联络我。”

我话一说完，她带着惊人的气势猛然站起，我连忙轻轻……非常轻地抓住她的手臂，生怕又惹怒她。

“知道了。至少让我问一件事，拜托！”

我刻意提高音量，凸显我的急迫心情。也许是人们的视线造成她的压力，她叹气坐下。

“快说。你敢再说一句奇怪的话，我马上走人。”

我真诚地抛出早已准备好的问题：“什么是激进女性主义者？什么是‘韩男’？”

“什么？”

“这是你拒绝我的原因，所以我想更具体地了解。起码告诉我这些再走，斩断我的念头。”

她无言地看着我，我还以绝不轻易放弃的表情。她的沉默似乎是在盘算着什么……那表情该不会是想随便打发我吧？终于，她下定决心似的开口说：“人们所谓的激进女性主义者就是，说着逆耳之言的女人，不愿意像过去一样过着安逸的日子，老是挑三拣四，觉得哪里不好、哪里出了错，处处计较的女人。”

她出奇果断的语气与一字一句的清楚发音带着某种悲壮感。

“可是我完全不介意那种事！”

先前被她的话压制气势的我，连忙打起精神接话，但她毫不动摇，继续说：“过去的女人被打、被强奸、被逼死，男人会因为自己的心情不好，阻止女人说出真相，要女人不要把所有的男人混为一谈，说女人不用当兵凭什么说三道四，要求加重诬告罪刑责，认为最近逆向歧视变得严重。那种男人就是韩男。”

“喂，你把我当成那种人了吗？我是吗？我才不是那样！”我虽然反驳却有些内疚。

她面无表情地盯着我，然后喟然长叹：“我不想和你吵架，也不想承受吵架的压力。”

“我们为什么要吵架？难道我叫你不要当激进女性主义者，你就会不当吗？我没有那样想过好吗？”我昧着良心，故作淡然地说。

她笑了出来，是一个既悲伤又苦涩的微妙笑容。

“我们保留从前的美好回忆比较好，你这个傻瓜。”

她边说边起身，性子真够急的。她深思熟虑之后说出的话十分沉重，我无法轻易反驳。

我故作不经意地问：“你……为什么会变成激进女性主义者？又为什么会去参加示威集会？在天气这么好的周末穿上乌漆墨黑的衣服，去参加喊到失声的示威集会。”

“还能是为什么。”

“你不是想改变世界吗？你不是认为总有一天能改变这个世界吗？所以才这么卖力的，不是吗？”

“……”

“如果你能改变世界，那你也能改变韩男！你相信自己能改变这个世界，却不觉得能改变一个男人吗？是这样吗？你想改变？那就去改变！这才是激进女性主义者的真理！”

我边说心中边高呼万岁，为如此无懈可击的完美逻辑。不料她却摇头，而且非常重地摇头。

“唉，不管怎么说，韩男是……”

“喂！”

“人长大要不要懂事，他们会自己看着办，为什么那个是我的真理？少搞笑了。”

我早知她是铜墙铁壁，但未免过于刀枪不入。啊，用逻辑说服看来是行不通的了。

“哪有这样子的？你再好好考虑，和你重逢我真的非常高兴，你知道吗？你不是也很高兴吗？”

她以前说我睁大眼睛撒娇，抱着她手臂不放的样子很可爱，我尽全力地重现那个她爱的样子。然而却成效不彰，如今她只是用锐利的眼神扫视我，挣脱掉我的手。而她的回应更让我哑口无言：

“你真顽固。也是，当初我哭着闹着，你还是坚持要去美国的时候，我就应该知道了。”

“那是……”

“但我也很顽固。”

的确如此，所以她那时才会哭着说“我受不了异国恋爱”，苦苦纠缠到我出国那一天，再把自己说的话付诸实践，不论是她还是我都很了不起。不过她提这个的意思是什么？

“我说再多你好像都听不进去。好哇，我的挑战精神被你这些话挑起了，但我有条件。”

从她口中听到“好哇”两个字，我的嘴咧到了耳朵。

“什么条件？尽管说！”

她突然笑得无比温柔，伸手抚摩我的刘海，把唇靠近我的耳边。我有种不祥的预感。

“交往的时候……要是你先不耐烦，想退出这段关系……你就得给我一百万韩元。”

“什么？”

哈，她真的很擅长逼疯人。我们还没开始交往，说得就好像我一定会退出似的。

不知道是不是因为我的脸色迅速变得黯淡，她怒气腾腾地继续说：“你什么表情！既然这样，当我没提！”

“不管怎么说，这条件也太过分了吧。给你一百万……”

我虽感到这句话的不合理，但另一方面，我的求胜心也被激发了，我渴望趾高气扬地在她面前摆出“我赢了”的表情。

“知道了，就这样说定了！”

“……”

“我说就这样说定了，今天是我们交往的第一天，OK？”

我是为了这样才追她的吗？不重要。事已至此，我别无选择，自从和她重逢后，我原先认定的常理全都崩塌。

“好！不准反悔，现在马上写合约！”

“好，写就写！写什么都可以！我全部都写给你。”

“那再好不过了，以后我会把你的钱捐给女性团体，我得先想好要把钱用在哪里。”

“嗯，知道了，所以我们现在已经在交往了吧？”

“我很期待知道你能撑多久，我说真的！”

“好，我们现在去约会吧！”

我们争强好胜地幼稚斗嘴的同时，并肩走出了咖啡厅。从这一天起，我们复合了，合约也生效了。等我事后回顾才发现，那真是全世界最差劲、最不浪漫的告白。

也许是因为这样，那天夜里我躺在床上百感交集，总算我达成了复合的目的，但想一想后，我又怀疑自己是不是被她的怀柔政策给收买了。难道她是为了替女性团体募集捐款在利用我?

尽管嘴上说“我不会叫你不要当激进女性主义者”，可是我的想法一如既往，我有点信心，能让她自己放弃当激进女性主义者。只要我们像以前一样谈恋爱，她从我身上得到满满的爱，那么她就会逐渐地恢复往日面貌。不管是激进女性主义者、韩男，或者是我们不适合交往等念头都会被她抛诸脑后，因为她最终会决定与我孕育爱的结晶。

前途看似凶险，但我不是已经迈出了第一步吗?我不否认我的担心与害怕，但同时也抱持着“船到桥头自然直”的乐观心态。我深信她过不了多久便会恢复过去的模样，因为那才是她真实的面貌。她不过是暂时失常而已。

为自己做好万全的心理建设后，我点开聊天框。今天刚拿到她的号码，还没跟她聊天，该聊什么好?我该不会真的要付一百万吧?想起这件事，我的头又痛了起来。不久前发消息告诉她我到家后，我们就没联络了，所以我又发了消息给她:

洗完澡了吗?

睡了吗?

我想你，我的女朋友❤

呵呵，我写的话自己都觉得好笑。我就是要故意写一些肉麻的内容惩罚她，谁叫她变得这么叛逆，每一句话都这么讨人厌。我天生不善于撒娇，不过回想从前我们交往的时候，我却时不时爆发撒娇卖萌的潜力。和她分手后，我度过了一段装酷的乏味期，现在也不太清楚那段时间究竟是因为和她分手而无法走出伤痛，或是没那么喜欢那些和我约会的女性，抑或是单纯想在男女关系中占上风。

时间不早了，我觉得她可能已经睡了，但已读消息显示的数字“1”比预期的更快出现。扑通扑通，我心跳加速，既好奇又紧张，不知道会收到什么样的回复，我真的很久没有这种心情了。

嗯，我很困。

睡了。

我的天，真够死气沉沉的！以前她会发很多可爱的图或是好玩的表情符号给我。莫非装酷期的我也是这样的吗？想到这里，我的心情相当微妙。

你也睡吧。

尽管如此，好久没收到她的消息，我不知不觉地笑了。

她是不是早就打好字，正在犹豫要不要发出来？我想象着她可爱的模样，看吧，我就说你也喜欢我，也许我们的恋爱会比想象的更平凡，也许我们的交往会一帆风顺，她仅仅四个字的消息发挥了惊人的力量。

我有女朋友了！

四年前在机场的绝望感和居于异国他乡的孤寂感不过是一场梦，我幸福地进入美妙的梦乡。

虽然开始了

她工作的出版社在麻浦区的合井站附近，不论是离我位于江南的公司，还是我在京畿道的家，都有段不近的距离。热恋期中的情侣上演温馨接送的场景是一定要的，所以我一直想在平日请半天假，送她上下班，见面后顺道一起吃晚餐也不错。但或许是我年纪大了，心有余而力不足，今天下班晚、今天有点累……一天拖一天，还有，我公司附近很容易塞车。

幸好她会来江南这边和作家开会，由于她开完会可以直接下班，所以我们约好晚上见面。时间一到五点，我不顾同事们的脸色，火速收拾下班后却收到她的短信：

抱歉，我好像会迟到。

现在马上过去。

会议时长超乎预期是家常便饭，我没把她的迟到放在心上，先一步抵达我们约好见面的地铁站后就刷手机打发时间，看看YouTube和网络文章。

时间不知不觉地溜走，十分钟、二十分钟……她比我预期的到得更晚，就在我好奇怎么回事的时候，她悄悄地从我身后出现，面带倦意。

“抱歉，迟到了。”

“没事。工作顺利结束了吗？”

这是我们第一次平日下班后见面，她穿着圆领大T恤和牛仔裤，这身穿着打扮只有颜色和集会时的装扮不同。是因为在出版行业工作的关系，所以上班穿着也很自由吗？刚下班的男友穿着套装，她的穿着就不能配合我吗？

“先找个地方坐着聊吧。”

先撇开我对她穿着打扮的想法，她的表情看起来极度黯淡。

我事先已经认真查过公司附近气氛好的餐厅，却万万没想到她随兴地走进了一家烤肉店。

“给我们一瓶烧酒。”

她没先问我就直接点了瓶烧酒，问题是我想喝啤酒。碍于她浑身散发出的暗黑气场，识时务者为俊杰，我选择乖乖闭嘴。

手脚利落的店员把肉放上铁盘，同时拿来了烧酒和酒杯。只听见“啵”的一声放下酒瓶，她豪迈地打开烧酒，心急地斟满两杯酒，“锵”的一声，一口气就干了一杯后说：“看来我真的要辞职了。我又和组长吵架了。”

哦！这句话好耳熟啊——是我平常的口头禅。

“不过，与其说吵架，我的处境更接近单方面挨骂。”

“怎么了？”

“组长约我开完会后私下聊，问我这身装扮怎么回事，说毕竟是和作者见面的场合，我应该穿得端庄、女性化一点。”

“这样啊……”

我假咳几声，接着静静地烤肉，这是因为我不想被她识破我赞同端庄、女性化的服装比较好。“嗞嗞、嗞嗞……”光是听着就让人心情变好的烤肉声伴随着她的抱怨不断传入我的耳中。

“现在都什么年代了，竟然还有人说那种迂腐的话？你知道更扯的是什么吗？组长叫我外勤日程尽量不要穿这件大T恤。真是搞笑。”

我这才看见她穿的T恤胸口中央写着“女性主义”的红色大字，而她背后好像还写着一些英文。身为一个从美国学成归国的人，我会把那些英文直译为“女性主义是完美的民主主义”。真是的，那推崇民主主义不就得了，干吗还要搞女性主义？

“嗯……是不是因为是敏感字眼，所以你们组长才这样说？”

“哪里敏感？要是这里是美国，组长这种做法马上会被告！”

哇，她真的不知道女性主义者在大众心里的形象吗？但对一个正在气头上的人说这些话，无疑是火上浇油。

“不管怎么说，你们公司还是比我们公司好，男人穿套装上班超不方便，你们公司算自由了——”

我将视线固定在烤肉上，随口应付，哪知话没说完就被她高亢的声音打断。

“工作做得好就行了，跟穿什么衣服有什么关系？舒服的衣服就是最棒的，组长每天只会穿合身的衣服，她不觉得不方便吗？”

“啊，组长是女的吗？”

“对啊。”

啊，原来如此，因为职位是组长，再加上要求她穿得女性化一点，我还以为会是个男人。话说回来，既然是女组长，她好像不需要这么生气吧？

“总之她是组长，有资格说那种话……”

她瞪圆双眼反驳我说：“她没对男同事说过这种话。”

那是当然的啊，就因为你是女人，她才说那种话。这种理所当然的事全世界的人都懂，为什么你不懂？

我一声不吭地把烤好的肉放到她面前的盘子里，说：“吃吧。边吃边说，你应该饿了吧。”

有道是“吃肉解百忧”，我希望她吃了肉之后能消气，老实说我也不知道该说什么附和她好。

我小心翼翼地观察她的脸色后开口：“不过既然

组长是女性，工作上应该有占便宜的地方吧？组长漂亮吗？应该长得还不错？”

我自以为冷静地掌握了整个状况，可是她一脸不可思议地瞪着我：“真够讨人厌的。”

说好听点是瞪，但其实她的眼神满是轻蔑，搞得我心慌。

“不是吗？女人在公司运用女性魅力……其实很常见，不是吗？”

“啊，‘运用’吗？说得真好听啊，‘运用’，你现在的意思是女性靠着撩裙摆获得职场成就？你知道这种说法有多厌女吗？”

啊，我完美地演绎了何谓祸从口出，她可怕的语气令我心惊胆战。

“哼，我哪有那样说？不要把我想得那么差劲……”

在她耳里，我的话是如此不顺耳，所以她又干了一杯烧酒。

“所以你到底想说什么？”

“上班就是过社会生活，既然是上司的指示，不管认不认同，某种程度还是得……”

“够了！你少不懂装懂！你和组长都一样！”

坐得满满当当、人声鼎沸的烤肉店顿时变得安静，她声音大得让隔壁桌的客人一起看向我们。

我连忙放低音量说："你干吗对我发脾气！是我叫你穿得女性化一点吗？"

这是我没说出口的真心话。

"可恶，都是因为那个浑蛋才这样。"

我被她突然变得狰狞的表情吓到，追问说："什么？什么浑蛋？"

她一反常态，犹豫着答道："就是今天开会见面的作家！畅销书作家就可以那么嚣张吗？"

"畅销书作家？哪一本书？"我忍不住好奇问。她不满地说出好几本书的名字，哦，就连我这个书本绝缘体也听过那几本的书名，的确是个知名作家呢。

"那个作家每次出书一定会大卖，加上举办了不少图书讲座和活动，养活了我们出版社。之前我是出版社员工里最年轻的，那时通常是我一个人去跟他开会，那浑蛋总是趁机纠缠我。"

"什么？！"出乎意料地，这次提高音量的人是我。

"每次聚餐，他都会故意拉我去喝酒。聚餐结束后，他会假借要聊出书的事情约我私下喝一杯。我又不能不去喝，真的去了，他根本就不聊工作话题，净说些奇怪的话……”

“说什么？”

“说我真的很漂亮，问我知不知道自己很漂亮，问我有没有男友，说我很有料……”

浑蛋。

“那个作家未婚？”

“不知道。大概离了吧？有没有结婚重要吗？他会摸我头，偷碰我屁股，搭肩抓手样样来，我那时候真的……”

“你说什么？！”

这个人渣！我立刻抓起手机上网搜索，在搜索框里输入那个作家的畅销书书名，再点进作者介绍链接一看，好几张长得白白净净的中年眼镜男的照片。大多是采访照或讲座现场照，而照片背景都是在不错的地方，处处体现着知识分子气息，这家伙似乎也参加过一些文化节目。看着那些照片，我的心情迅速低落。

“他从什么时候开始对你动手动脚？”

“我还是出版社最年轻的员工的时候他就这样，有好几年了吧。不久之前公司新来一个男性后辈，我终于不用单枪匹马去跟他开会，不过每次开会我还是很不自在。”

“天啊，站在那个作家的立场来看，你继续去开会，他会觉得还有回旋的余地。”

“什么意思？”

“假如你真的讨厌他，你根本不会再去开会……”

“你言下之意是我错啰？”她猛然站起，声音比刚才高亢得多。

这次连更远处桌子的客人都看向了我们。

我连忙打起精神，抓住她的手臂：“我不是那个意思……抱歉，先坐下好吗？”

口头道歉无法让她消气，她不坐也不站，改以半蹲的姿态开始了一场愤怒的演说。此时正值烤肉店用餐高峰时段，下了班的上班族进进出出，而我只能在心里卑微地祈求隔壁桌的客人们什么都没听到。

“你有没有听进我刚才说的话？我说那个作家养活我们出版社！我作为公司老幺要怎么拒绝他的要求？作家说：‘我这本书很抢手。你今天不听，我只好给其他出版社了。’难道我要发神经说：‘不要跟我聊新书，要聊去跟组长聊。’作家再说：‘在跟组长聊这件事之前，我想先跟你商量才约你。’然后我再发神经说：‘够了哦。你想把新书给别家出版社，你就给吧。’要这样吗？”

烤肉扬起的白烟和她的反驳言词掺和在一起，我无话可说。

“他那样告诉你，而你真的跟他去了，他却不提公事？”

“对，就是这样！他莫名其妙说自己去欧洲旅游约会约了一百多次，说自己天生风流多情，不适合忠贞不渝的爱情……我要知道这些干吗？！他说自己跟有着樱桃小嘴的女人那方面生活更美满，聊一些体位……去他的，烦死了！”

“他根本就是个疯子吧？”

“你却指责受害者，说我不应该跟他去？”

“是我没搞清楚状况，抱歉。”

世上怎么会有这种人渣？幸好她发泄了一些怒气后又坐了下来。

“不是只有一两次，他每次都这样。我实在太生气，因为那个混账，我不敢穿女性化的衣服也不敢化妆，故意穿裤装、剪短发，有时还得戴眼镜出门。”

“原来如此。”

啊，是那个渣滓制造了各方面的麻烦。

“组长什么都不知道，说外出开会一定要穿女性化服装。啊，烦死了。”

“他这么过分，是不是应该要告诉组长？”

“我想过，可是组长和出版社同事好像都是那位作家的粉丝，我又没有真凭实据。那个人巧妙踩线，游走于法律边缘，人们会觉得那种程度的肢体接触没什么大不了的，是不是我太大惊小怪了？事情变成这样的话，我真的会很受伤。”

“说的也是。这件事不简单，何况对方是……”

她点点头：“所以说仅凭一般的勇气很难拒绝他。啊，越想越烦，什么浑蛋……”

“他的确是混账，如果以后那个渣滓故伎重演，你记得叫我，我会好好教训他。不对，以后他再办活动，我就算请半天假也要到场陪你。去他的，一头老牛还想吃嫩草。”

她用叹气取代了回答。我注意到我放在她面前的肉冷掉了，看来她没心情吃东西。

“不吃吗？”

“嗯，不吃。”

“那今天早点回去吧。”

“好。”

“听完你说的，我太不安了。这样不行，今天我送你回家。”

“不必了。我又不是小孩子。”

“不行，我送你。”

虽然她一直摆手拒绝，但我话说得斩钉截铁，毫无拒绝的余地。她看了我的脸半晌儿后，死心地点点头。不久之后，我和她从江南站搭九号线，坐了几站后，我们一起下了地铁。这是我生平第一次到的地方，她搬家了吗？我们走进一条窄巷，她在一栋老旧公寓前停下脚步。

“这里就是我家。”

“哦，原来如此……”

我握紧她的手，和她面对面，暗自可惜就这样送她回家了。短发、大T恤和牛仔裤，她的模样再次映入我的眼帘。其实我很不满，也很惋惜看到她现在的样子，幸好我以前见过她留长发的女性化模样。我想，假如我和她第一次见面时，她是现在这个样子，自己还会不会喜欢上她呢？这个念头在我脑海盘旋不去。

自从我听说她发生过那种事，突然很心疼她。

“唉，你的心情一定很糟，是我太忙了才会让这种事发生。”我紧抱着她说。

但她推开我的手臂：“不，不是这样的。大部分职场女性都经历过这种事，你知道吗？”

“知道，对，我知道，现在知道了。”不管她说什么，我坚持要给她安慰的拥抱。

“呼”，我的耳边传来她的呼吸声，表明了她的疲惫。我抱着她好一阵子后才放手，接着我吻了她的额头。

“我会守护你，以后绝对不会再发生这种事了。”

我的女朋友得由我来守护，我认为这是男朋友应尽的义务，但她面无表情，轻叹道：“好，但我只接受你的心意。”

“为什么？”

我一头雾水地盯着她，她没多解释，空气中逐渐流淌起沉默。她看了看手表说："要不要进去坐坐再走？"

"什么？"

"啊，我没说过吗？我一个人住。"

呃，听到她这句话，坏家伙也好，渣滓也罢，立刻被我抛到九霄云外。

全天下的男人都想和独居的女人交往。

在此之前，我并不知道这个足以让人疯狂的事实——她竟然一个人住。我总算发现这场恋爱的好处了，我抑制住内心的狂喜跟她回家。她住在一楼，建筑物本身不算干净，可是室内空间比我朋友们以前住的住商混合大楼或是单人套房都更宽敞，而且她的住处里有两个房间。

较小的房间是她的卧室，卧室隔壁是书房。她的屋子里有衣柜和行李，全都摆放得整整齐齐，墙上贴着电影海报、月历和相片。我注意到其中有我们一起看过的电影的海报，这个发现令我心头一酸。书桌和梳妆台等收纳空间布置着小巧可爱的人偶和旅行纪念品。尽管她外表强势，内心仍旧是个喜欢小巧可爱东西的女孩。

她的客厅和厨房相邻，合二为一。我们在客厅桌前对面而坐，她泡了茶。

“你从什么时候开始一个人住的？”

我记得四年前她和妈妈、姐姐一起住。

“四年来搬进搬出，这次搬出来快一年了，以后不打算搬回去了。”

“为什么？”

“因为外甥的关系，家里太吵了，再说我也大了，是时候搬出来独立。你也搬到外面住吧，不要再让你妈辛苦了。”

“我要存钱结婚。”

“嗯哼，这样啊。”她发出微妙的鼻音，装作漫不经心地抚摩茶杯。

“怎么了，当然的不是吗？我们到该考虑结婚的年纪了。”

“我，不想结婚。”她冷漠地耸耸肩。

“你以前和我交往不是说过吗？婚礼这样办吧，新房装修成这样吧，生两个孩子……你对结婚充满憧憬，你不记得了吗？”

她因我的碎碎念扑哧一声笑出来。

“拜托，那是多久以前的事了！”

“不过四年而已！”

“四年够久了。总之，我不结婚。”

“好哇，最近人们喊着不婚主义、不婚主义。你的意思是你不结婚吗？”

“嗯。”

“也对……你这段时间和奇怪的男人交往，确实可能会有这种想法。我懂你，只要你和好男人交往，一定会改变心意。”

“好男人？”

“嗯，像我？随便说的啦，哈哈。”

我真是没有心眼的家伙，想到什么就说什么。她的眼神传递出她觉得我很可爱的信息，笑着说：“你？算了吧。”

“不要这么斩钉截铁，世事难料。”

“哎哟，知道了，好好好，就当你是个好男人吧。”

她嘴巴同意，表情不同意，这让我有点生气。

“我很了解你的个性，你是个善良、怕寂寞，喜欢照顾人的女孩。你说你要一辈子一个人生活？等时间流逝，你的朋友们一个个结婚生子，他们都会慢慢疏远你的……”我用比平常更低沉的声音说。

但她冷静地回答道：“应该会吧，不过我只想着现在，我现在不想结婚。”

“好，不用马上结婚。”

“唉，你真的是。”

“你才真的是呢。”

我们都不肯认输，一直在抓对方的话柄。当我和她四目相对时才发觉，她那湿润的眼睛不同于她决然的话语。

看着她水汪汪的眼睛，一时间我情绪涌起，脱口而出：“虽然我并不清楚具体经过，但我想治愈你过去受到的伤害，我很希望再看到过去那个开朗积极的你。”

“你要怎么治愈我？我受的伤害我自己看着办。”

“好，不过伤害你的终归是人……”

“还有你说你想看到我过去开朗积极的模样？我没变过，好吗？是你看我的角度变了，不是吗？对你来说，我是受情伤影响，所以赌气说不结婚。事实不是那样的，不婚是我理性的决定。”

“为什么？你为什么那么讨厌结婚？我是真的不懂才问，只有男人才需要承受结婚压力，不是吗？我们要准备新房，要准备东、准备西。女人们不是渴望结婚吗？尤其是年过三十的女人更是急着嫁……”我睁大双眼说。对我来说，这是不足为奇的基本常识，她的眼睛却睁得比我还大。

“你说什么？！”

“还有老实说，要是你是有夫之妇，那个作者还是作家的家伙就不敢那样对你了吧？”

这次她微微张大了嘴说：“你真的……我没办法用一句话跟你解释这些。”

“那就多用几句话解释。”

她被我激怒，反倒闭嘴不语。过了一阵子，她才深深地叹气道：“我就是讨厌这样才拒绝复合，你……”

“男女交往本来就应该互相迁就。”

“你不是想结婚吗？”

“……是。”

和你。我本来想这样说，气氛有点不对，于是忍住了。

“我不想结婚。这件事要怎么迁就？”

“我们一直交往下去，也许你就会想结了……这种事很难说嘛。”

“好。那么也就是说，你和我交往下去，说不定你会觉得双方拥有个人自由，不结婚更好，是这样吗？”

“你到底想活得多自由？难不成我婚后会把你囚禁在家里吗？”

“你少在那边说大话！男人结婚不就是希望找个女人代替妈妈的角色，替自己打理家务吗？”

“喂，你干吗说成这样？现在的男人们很会帮忙做家事好吗？”

“行了，别说了。对了，你爸妈是大邱人吧？”

“是啊，怎么了？你现在还有地域歧视了吗？”

“你爸妈的个性我记得很清楚，也知道他们有多疼爱你这个独生子。”

“喂，哪有父母不爱自己的儿子的？还有我爸妈不是冥顽不灵的人，他们会对进门的媳妇视如己出的。他们很期待我结婚，还说会帮忙带孙子。”

“啧啧，光听着就让人窒息。我们复合才多久，你竟然说这种话？”

“我要你现在结婚了吗？”

“反正我说得很清楚！如果你交往的目的是结婚，那就和我——”

我不想听她重提一百万和分手的事，直接打断了她的话。

“啊，不管，不管了，我也不知道了。”

交往没几天就提结婚话题，很像我的风格；同样，交往没几天就动不动提分手，威胁我支付分手费，也很像她的风格。我们停止交谈，她打了个寒战，似乎头很痛地起身推了推我的背说：

“欸，你回你家吧。”

“不要。你把我带到家里了，就想这样赶我走？”

“不然你要怎样！”

“亲一下我才走。”

真是个奇怪的转折，我们才刚因为结婚这个敏感话题吵得天翻地覆，但我一说完就立刻吻上了她的唇。

“唉，你真是个疯子……”

她慌张却又掩饰不住笑意，因为她的模样，我也跟着笑了。她看准我疏于防范的时机，把唇压在了我的唇上，一切正如我所愿，我的舌轻舔她的唇，她微微张唇，没有拒绝我的热吻。

我们拥吻着进了卧室，在床上翻滚亲吻了好一段时间。我对她的短发感到新奇，这和以往的长发手感不同。当我们的身体交缠在一起时，我感觉得到冰冷又强硬的她狂热的心跳。只要我再忍耐一下，坚持下去，她绝对会改变，她一定会变回过去那个梦想和我步入礼堂的女孩，现在再嘴硬又怎样，她一定会改变心意。

“感觉很好……是吧？”沉浸在幸福中的我在她耳边轻声说。

她虽没给回应，但她带着浅笑的微红脸庞已经给出了答复。事实上，我们很轻易就能拥抱其他人的身体，就像过去我拥抱着那些陌生女人的肉体，但我们会因为异样感反而更感疏离。我拥抱她的感觉却完全不同，感觉像找回了我以为四年前就永远失去的某种东西。但越是如此，不知何时会再次失去的不安感越是扩大。

“我们好不容易才又见面，我再也不想和你

分手。”

“……”

“所以我才会提结婚。我以前非常喜欢你，现在也是。我想告诉你我对这段感情有多认真。”

“恋爱的尽头一定是结婚吗？”

“我也不知道，不过……”

说实在的，我没想过这件事。

“对。我也不知道。因为喜欢所以交往，这个理由已经够了吧？每件事都要开花结果太累人了。去他的结果主义。”

“总之你也喜欢我吧？”

在她的话中我只挑自己想听的部分，自顾自笑了。

她看着那样的我片刻，又开口道：“明天要上班，你得走了。”

我才发现已经十一点了，一方面嫌麻烦，一方面想和她多相处，所以刻意伸个懒腰扭了扭身体。

“我不想走，我要不要干脆搬进来住？”

我一说完，她扬起手掌打在了我的背上。

我满怀遗憾地离开了她家，她送我出大门，我在猜她是不是打算陪我走到地铁站，然而她出来纯粹是为了抽烟。在我们道别后，我走了一段路回头看她，只见站在巷弄的她和飘散在空气中的烟圈。我本来希望我的女人不要抽烟，如今却发神经地觉得浓浓的烟圈极其浪漫，看来我真的非常喜欢她。

可恶，听说抽烟对胎儿不好，是生出畸形儿的原因之一。不管用什么手段，婚前我得让她戒烟才行。

她真的超奇怪

过去我和其他女性约会时深有体悟，“联络”是左右暧昧情愫和恋情去向的重要因素之一。而每个人的恋爱风格千差万别：有人整天发消息，频繁到让人怀疑是否对得起老板支付的薪水；有人像是闹钟一样，每天在固定时间联络交往对象；有人不怎么发消息，但天天热线一小时。正所谓形形色色。

我好奇她是哪种恋爱风格，回想过去我们的相处模式，几乎每天形影不离，所以不需要特别联络对方。不过我和她复合后感受到的是：她果然是自由奔放的风格，以自我为中心，觉得该联络的时候才会联络我。她早晨通勤有空会发消息，但要是她那天睡懒觉或一早就有会议，往往中午过后也不见人影。由于她自己是这种风格，所以并不会抱怨或不满我不联络她。每次交往新的对象都得重新适应相处模式，所幸和她交往不需要重新适应其他事情，还算自在。

“喂？你在干吗？我下班了！”

我尽量在下班路上打电话给她，一方面因为回家路上很无聊，想听听她的声音，另一方面希望多分享一些鸡毛蒜皮的日常小事以早日拉近我们的距离。也许是因为编辑的职业特性，她三天两头就得加班，很多时候不能打电话。

“我现在不方便通话，还在工作。回家小心。”

对于她能用这么干脆的语调利落挂掉我的电话，我有时蛮伤心的，但又有什么办法？我只能无奈地跟着她挂电话，幸好她下班方便打电话的时候还是会听我说话，只不过回应冷淡。即便如此，交往中的男女会分享的话题不就是公司琐事或八卦趣事吗？

“你今天过得好吗？有没有好玩的事？”

“没什么，就那样……”

“和组长没发生什么事吗？”

“嗯，最近还好。”

“没有让你觉得烦的同事？”

“没有。”

我想听她说一些生活琐事，但我问她过得怎样时，她经常随口应付我。出于无奈，我使出撒手锏——搬出从电视节目得知的趣事或有趣的YouTube视频和她闲聊。

习惯这种相处模式的我，那天却反常地感到生气。我有种感觉，她的刻意沉默是为了和我保持距离。

“搞什么啊，你每天都只听我说……你不喜欢和我聊天吗？”

“不是那样的……”

“那就跟我分享一些话题！我也想听你发生的事情。”作为无微不至的超暖心男友，我极其温柔地催促她。

她在短暂沉默后发问：“你真的想听？”

“嗯，当然了。说什么都好。”

“好，那我跟你说吧。今天上班路上，我看到了这些新闻报道——昨晚某个男大学生非法闯入同校女生宿舍，对女学生霸王硬上弓，还殴打因害怕而反抗的女学生；在江南夜店，有女性遭人下药昏迷，是一种叫神仙水的迷奸药，听说非常可怕；还有小学六年级学生上传的网络文章，告发学校MeToo事件。啊，还有某个饶舌歌手创作了奇怪的歌曲，歌名好像叫《两性平等主义者》？对了，在网站首页某位变胖的女艺人的名字一整天挂在热搜排行榜第一名。”

“嗯……”

“还有，我下午听说了某桩性侵案的消息：嫌犯没有判刑，被无嫌疑释放了。我之前看过受害者上传的文章，实在太气愤了。我不是法律系的学生，但是我真的很想知道嫌犯被无嫌疑释放的原因，所以花了很多时间搜寻网络上的线索，真的是气死我了。”

“哦……”

“这就是我的一天。”

她饶舌说唱般飞快说完后，又自然地结束了话题，这让我无比慌乱。我只是想聊一些平凡的话题，像是午餐吃什么、公司的人怎么样和一些生活趣事，万万没料到她会突然说这么严肃的事情，又不是在拍时事论坛节目。正是因为这样，所以才有人问“女性主义者有可能过一般人的生活吗？”

“原、原来如此。看来你今天……运气很不好。”

不知道该说什么好，我随口讲了些场面话。

然后她回我："今天？要是只有今天这样就好了。"

"不然呢？"

"每天都这样。真叫人失望。"她用极度厌烦的语气说着。

老实说，我没有同感。虽然那些新闻不是子虚乌有的内容，但有必要刻意找一些会让自己生气的东西看吗？天底下有那么多的好事，而且她说的内容没有一件是我这个当男友的能解决的，这使我有些郁闷，自尊心受挫，就没有其他能聊的吗？

我想破脑袋，刻意用平静的语气予以回应："总之刚刚你说的新闻事件，你太站在受害者立场去看待整个事件了，也许实际情形完全不是那么一回事，不是吗？不能听信单方面说辞，以后说不定会有反转，发现是诬告。我们先静观事情发展，你说好吗？"

"……"

"喂？宝贝，喂？"

电话另一头无声无息，我把手机拿到眼前一看——断线。手机和老式电话不一样，不会发出"嘟——

嘟——”的声音，所以断了线当事人也不知道。

可是为什么会断线？我重拨给她，她没接，直到响了十几声之后，她总算接了。

“电话断了。”

“是我挂断的。”

“……什么？”

“如果你要说那些话就挂断吧，我不想听。”

眼下情形过于荒谬，我一时说不出话，思考进入缓冲阶段。

“再怎么不想听，你怎么可以挂我电话？女人们把诬告想得太轻松了，很多被诬告的人身心饱受折磨。”

“……”

“喂？喂！”

该不会吧……我又被挂电话了。啊，电话断线，我的耐性也跟着断线。

“呼、呼”，我在挤满下班人潮的地铁里大口深呼吸，企图压下心中涌上的怒火，身边的人用奇怪的眼神打量我。控制失败。她怎么能对男朋友做这种事？！我控制不住愤怒的情绪点开聊天框，大拇指用力按下键盘：

站在中立立场看事情错了吗？

你带着个人感情色彩看事情更奇怪吧？

法官会判无罪一定是有原因的！

有多少男人因为被诬告而毁了一辈子！

打着打着，我的情绪加倍高涨。

我们为什么要因为这种事吵架？她突然一口气说这些事情，要我怎么反应？我不是性侵犯也不是法官，甚至也不是唱奇怪歌曲的歌手，是要我怎么样？我郁闷得半死，只希望快点收到她的回复。好不容易看到消息旁边未读的数字1消失，心情才好了一些。我的心脏剧烈跳动，我倒是要看看她能说些什么！这时候她发来了消息：

我说了我不想听那些话。

真是很做自己呢！

挂断电话不理人就可以吗？

我们不是应该沟通交流，说服彼此吗？

交往不是这样的吗？

沟通？

对！

你诚实一点吧。你做好沟通的准备了吗？

你不是真心想听我的想法，只不过想进行“直男癌”的说教。

“直男癌”的说教？那是什么？

不是，才不是那样……

我气急败坏地一句句反驳，但她的回复就此停止，啊，真的是！我躺着也能中枪，太委屈了，到头来我不同意她的话，她就不想跟我说话。不讲道理，永远认为自己说的都对！就是因为这样，大家才会说

“女权纳粹（Feminazi）”！我气得想上Pann Nate[1]发文，天底下哪儿有像我这样的男人？

我细想这段对话，始于我和她没话题好聊，我想方设法让她退出“女性主义者”群体，但没想到她会不可理喻到这种程度！

我不知道该拿这股郁闷又愤怒的心情怎么办，于是打算先找出她说的新闻事件，站在理性客观的角度深入研究我有没有说错。我先在搜索引擎里打下相关关键字，但是性侵相关的新闻比我预期的要多，这是韩国被称为“强奸之地”的原因吗？不仅如此，无罪和诬陷判决的相关新闻也多得出奇，我东看西看，越看越是一头雾水，立刻放弃深究。

我气呼呼地回家，吃晚餐后打游戏转换心情。这天我游戏的运气特别旺，连赢了好几局，但改变不了我糟糕的心情。我在打游戏中途确认好几次手机，她果真没联络我。我想来想去都觉得做错的人是她，随便挂人电话是不对的，不是吗？要先道歉的当然是她。

---

1 Pann Nate：韩国网站Nate中的论坛，使用者以女性网友居多。

到隔天下班为止，她音信全无。我无论如何都不想当那个先联络的人，在下班的地铁上，我滑过数十次手机屏幕上她的手机号码，苦恼不已。

我要不要发消息说“你真的太过分了吧”？但如果她已读不回，我想我会郁闷而死。

烦恼到最后，我一咬牙打了电话，焦虑地等待电话接通。响了十几声的手机铃声预告着她的拒接，我正想着是不是该挂掉的那一刻，电话通了。

“喂？”久违的声音一如既往地冷淡。

“……你在生气吗？”

“没有。我现在很理性也很冷静。”

“好，那就好。你不担心我吗？”

“要担心你什么？”

你有没有睡好、早上有没有准时起床、有没有好好吃饭、在公司有没有发生什么事、是不是又和那个变态作家见面了……不过才一天，我对你有一大堆好奇的事情，你真的是……

“算了算了……”我死心地叹了口气。

她也调整呼吸，开口道：“我不是说过了嘛，我早就知道会这样，并不想因为这些事消磨我们的感情。”

“我想过了，我们不聊这些话题不就好了？不聊这些我们就能好好交往。”

“所以我才不说话，是你问我的。”

“不是，那是因为……”

我怎么知道事情会变这样！

“我因为那些事情觉得压力很大，觉得心累和生气，那是我每天的日常生活。我不想和你说那些，所以才和你无话可聊。”

“……”

“你问我为什么不跟你分享日常生活？因为那些事超出你的理解范围。”

即使她不这样说，我也无话可说，不过她好像有把话说得很讨人厌的能力。

“我听了那些事情能做什么？我又不能改判嫌犯有罪，也不能把你讨厌的家伙全部抓起来弄死。”

“我叫你那样做了吗？”

“不然你要我怎么做？”

“至少要一起骂，怎么会是无罪？真的太不应该了。”

“这种判决又不是第一次发生……”

“你想再被我挂电话吗？”

“喂！”

“先同理我的感受，倾听我的话，这样不就行了？”

说得简单，可那等于是无视我的立场。

“可是我是男人。你说那种话好像在影射所有男人都是潜在加害者，听起来就像我也犯了错，让我很不舒服。”我努力低沉着声音以表达我严肃的态度。

“我说那些事情难道就很舒服？我也很不舒服，哪有可能舒服。”意外地，她附和了我的话。

“是吧，就是这样吧！我们两个都很不舒服，所以……”

我正想说不要再看那种新闻、不要再聊那种话题，她抢先说：“以后我不看那些新闻，只和其他女性主义者聊这些就行了吧。”

不是吧，结论怎么是这个？郁闷和反感在我心中翻涌而来。

“你是社会运动家吗？还是政客？你是什么身份，到底为什么要在意那些事情？”

“因为那不是别人的事！”

严格来说，那是别人的事才对，她到底为什么要这样？我紧抿双唇，无法理解。

她继续说："你这么快就忘记我被作家性骚扰的事情了吗？新闻里发生的事情，有些已经发生在我身上了，有些将来会发生在我身上。我们心知肚明，你不是也觉得不舒服吗？你愿意忍耐这种事吗？我不愿意。这种事像是空气般存在于女人的日常生活中，女人回避得了一时，回避不了一辈子。"

"……"

"要是男人不做那些事，我们就不会讨论到那些事。你在听吗？那么你也不会被当成潜在犯罪者。"

明明是打电话，她说话不饶人的神情却浮现在我眼前。

"好……好吧。"我明明想反驳却无话可说，只好开始打马虎眼。

自讨苦吃，这个成语浮现在我的脑海。我试图抹掉这段不愉快的对话，回到我们当初闲聊公司烦心事或聊YouTube影片的时候。

然而那天之后，她话匣子大开，但凡性骚扰、偷拍或散布偷拍影片、跟踪狂、威胁、猥亵、施暴、杀人、未成年性交易、性侵犯无罪判决等各种新闻，她都如数家珍，而我一律答以“啊，原来如此”。

“原来这么危险？”

“原来这么多人喜欢偷拍？”

“原来世上这么多奇怪的人？”

让我不得不做出这些表面性反问的无数时事新闻事件。

原来韩国不是个治安良好的国家？真够奇怪的，警察一定是有作为的吧？但每一次的对话都让我越来越困惑，而我选择把这些疑惑深藏心底，因此压力一天天累积。

周末约会

相较于我和她的恋爱风暴，公司情况显得风平浪静，尽管目前处于新产品研发时期，周末加班成了家常便饭，但整体而言，工作方面顺利到让人感到不安。

某天平日，我准时下班回家吃晚饭，想确认一下周末约会地点，于是发消息问她：

有没有想去的地方？

她立刻回答：

这个周末去咖啡厅约会怎么样？

咦？

我最近在准备一个项目方案，周末想多做一点。

哎哟，是谁之前口口声声说要辞职？我蓦然想起过去我们天天在咖啡厅约会准备求职的时期。自从和她分手后，我很少一个人去咖啡厅，毕竟独自一人做两个人曾一起做的事，正所谓凄凄惨惨戚戚。现在既然恢复两个人，我一口答应了她的邀约。

周末我和她约好市区见。准时出现的她依旧一身“男孩风”着装，因为是我的女朋友，我尽可能美化措辞。严格说起来“男孩风”指的是穿着打扮像男孩的风格，不是吗？而她只是穿成了……男孩。

下身是宽裤配运动鞋，上身是宽大夹克内搭写着英文T恤。

“每个人都应该成为女性主义者。”

我在心里默读了这句话，讽刺的是这件T恤是她的打扮中最能清楚显示她是女性的部分，因为男人不可能穿这种T恤。打死都不可能。

周末咖啡厅坐满读书和工作的客人，这家咖啡厅是她的私藏工作地点，她把笨重的笔记本电脑放上桌，而我从包里拿出一本朋友借我的香港旅游书。

她瞥了我一眼："为什么是香港？"

"下次休假我想去香港。"

我脑中忽然灵光一闪，说道："要不要一起去？你去过香港吗？"

"没有，没去过。我没钱。"

"男朋友我会出钱。"

"不必了。"

"我不是开玩笑，只要我们协调好各自公司的放假时间。"

我承认我确有虚张声势之嫌，管他的，先打肿脸再说。而她摆摆手，拒绝说："真的不用了，我明年年初另有计划。"

"什么？什么计划？"

"以后再告诉你，现在得先工作。"

我莫名在意她的计划，但看她守口如瓶的样子，似乎不是追问的时候，我只好先把好奇心放一旁。

"我怕你无聊，所以带了本书来。"一本粉红封面的书被她从包包里拿出来，“这本好像很适合你看。”

封面上是斗大的书名——《外貌协会》。

“呃……”我本能地排斥。

她看出我对这本书不感兴趣，于是说：“这是不久前我负责出版的书，最近市场反应不错。”

“是吗？那我一定要看！”

喜不喜欢这本书是其次，给予女朋友积极的回应是首要之务。

“这个世界从古至今就在意女人的外表，女人无法摆脱社会外貌主义的束缚。这本书谈的是女性们怎么摆脱被以貌取人。我非常喜欢，也正在实践书中说的内容，我想也许你会想了解。”

简言之，是一本关于女性主义的书，她毫不避讳直述书的内容，让我更不想看它了，不过这时候必须表现适当的主动性。

“啊，这样啊。谢谢，我会好好看的。”

她点点头后又从包包拿出东西，是眼镜，而且是黑色粗框眼镜。

“你戴眼镜？”

“对，工作的时候会戴。”

素颜，短发，加上眼镜，散发出上班族女性的气息，还带点熟女感，总之不是我喜欢的类型。

“我以前偶尔会戴隐形眼镜，你大概不知道。”

“啊，我真的不知道。那现在不戴了？听说隐形眼镜对眼睛不好？”

“对。还有我现在觉得没必要戴隐形眼镜取代眼镜。”

“啊……”

“原因，那本书写了。”

说完最后这句话，她微微一笑，意思是：闭嘴，快点打开那本书，我要工作。

“我要先看香港旅游书。”

“这样啊。”她口气莫名变得冰冷。

我识相地把香港旅游书放回包里：“不了，还是先看我女朋友编辑的书！”

这种心累的感觉是什么？我边内心暗自叹气边硬着头皮翻开那本书。

撇开书的内容不说，久违的纸质书手感让我的心情变好，有种成为知识分子的感觉。

在书的第一页推荐序中出现了知名女性运动选手

的名字，多亏如此，我暂时感觉到了阅读的乐趣。根据这本书所述，男性选手无论外貌如何，只要实力出众就会被美誉为“暖男”，没人会批评他们的外表；但女性选手无论有多出色的实力或成绩，不时就会出现针对她们外貌评价的网络恶言，要求她们减肥或攻击她们的外貌。这一切全归咎于韩国文化不看重女性的成就，而是特别着重女性外表的特性。

看到这里，我无法轻易翻页。网络恶言只会针对女人吗？大众要她们减肥是关乎健康问题不是吗？这个作者好像有点过分解读了。

第一章内容描述大部分少女从小就渴望变美、变瘦，甚至有五岁不到的女孩已经开始为了美而减肥。女孩们是这样，但男孩的想法呢？男孩从小希望成为学历高、资历丰厚又长得帅的高个子演员，在外表方面，男人也一样无法享有自由：个子矮会被视为loser，长得丑的男人很难和女人搭话，不帅的男人一定要有钱。男人必须出身豪门，或是成绩优异才能改变身份阶级获得成功，还要能帮忙带孩子。男人活着也很累好吗？

接着书中提到了一名认为自己很胖的十多岁女

孩，但在那个年纪，大家不都这样吗？甚至我现在也认为如果我长得像演员朴宝剑、姜栋元那么帅，我的人生一定能更加一帆风顺。撇去性别不说，只要是人不都是这样的吗？问题出在“外貌主义”。

当然不可否认女人会更因“外貌主义”心态而受困，但说实话，男人身处的情况也半斤八两，只不过更常被忽视而已。女人喊累不等于男人就不累，所以我认为书中的论点不具说服力。

越读下去我脑海中的疑惑越多，也越来越反感。我想这和她让我看这本书的目的背道而驰。我因疲惫不知不觉地放下书，看向身旁埋首工作的她，我不确定她是不是假装没察觉我的视线，一直紧盯电脑屏幕，手指在键盘上飞舞。现在的她和四年前长发披肩、爱穿洋装的她有明显的落差，但我确定她的美丽不减当年。她的侧脸让她高挺的鼻梁更加明显，而她的皮肤怎么能这么白嫩？年至三十却还拥有如此娃娃脸。她热衷工作的时候相当有魅力，所以那个作家才妄想老牛吃嫩草吧。过去我让朋友们看她的照片时，真的非常骄傲。

当我们一起走在街上的时候，迎面而来的男人们视线老是停留在她的脸上，身为男友，我的心情摇摆在暗爽和不爽之间：我讨厌别的男人看我的女友，优越感却也同时作祟，这么漂亮的女人是我的女朋友。

一想到这里我心情大好，把头靠上了她的肩膀。正在工作的她毫无反应，于是我又把鼻子蹭了上去，她还是没反应。得寸进尺的我正想搂住她的腰，说时迟，那时快，她看向我。

“全部看完了？”

“嗯。”

“少骗人了。”她撇嘴表示不信，视线重新看向屏幕。

啊，侧脸真可爱。

“不过讲真的，你活到现在没有因为外表吃过亏吧？肯定是百利而无一害。”

“你说什么？”

“当然，我也一样……”

“你在说什么？”

我放出甜言蜜语攻势哄骗她，然而她皱起的眉头意味着我的攻势失败，害怕之余，我连忙说出重点：

“我的意思是你漂亮！我的女朋友最棒了！”我甚

至竖起大拇指夸赞。

她却一脸不高兴地叹气："不懂就得好好学，唉，我现在到底和你在干吗？"

"就是啊，我也不知道自己在和你干吗。"我故意说笑。

她低垂眼睑，用万念俱灰般的表情说："好，随你便。"

我期待"随你便"这句话已久，但当我看到她寒心的神情还是有点受伤。更重要的是，我无法忍受这样看我的人是我女朋友，我绞尽脑汁想办法哄她开心，减少她的失望，却无计可施。

她蒙眬的视线望向了虚空，说："你还记得上次对我说的话吗？你问我，为什么我想改变世界却没信心能改变一个男人？"

没错，我说过这种话，应该是在钟阁附近的咖啡厅吧。那时要我讲什么理由都无所谓，我只需要一个留住她的借口。

"我刚才看着你看书的样子，心想哪怕改变不了世界，也许我真的能改变胜俊你。"

这是我第一次看到她伤感的模样，向来只挥舞鞭子的她现在像是突然拿出胡萝卜，改用柔性策略吗？啊，早知如此，我一定会假装多看几页书！

之后几个小时我靠在她身旁，像是一只听话的小狗，乖乖地看着那本书。太久没看书，再加上我并不完全同意书中的观点，净是些让我反感的凿空之论，我很难集中精神。即便如此，我还是努力地静下心阅读一页页白纸上的黑字，我所做的这一切终极目的都是为了让她自愿放弃当激进女性主义者，和我步入礼堂。我边看书边勾勒未来的蓝图。

这段时间，她除了偶尔去洗手间，其余时间都在很认真工作，几乎不看手机。她的样子过于帅气美丽，我情不自禁地吻了她留着短发的后脑勺，她一样毫无反应。我有些伤心，却也意识到自己该利用她认真的时候找点事情做。为了振奋被书本催眠的精神，我玩起了手机游戏。自无所事事的待业期之后，我还没坐在咖啡厅这么久过，屁股逐渐产生痛感。

不知道究竟过了多久，她终于摘下眼镜说：“差不多做完了，肚子好饿！”

“辛苦了，我们快去吃饭吧。”

我满心雀跃地合上书，用最快速度收拾好喝完的饮料。她一边活动僵硬的身体，一边走出咖啡厅，很自然地拿出一根烟，有种忙碌后的慵懒感。我每次看到她抽烟都觉得她太帅了。

我们去了附近的餐厅吃炸鸡和啤酒。炸鸡是忙碌的一天后犒赏自己最棒的大餐，她笑说自己是小学生口味。小学生又怎么样？炸鸡也是我最爱的食物，反正我们就是天生一对，我们的口味也是天生一对。

桌上有好吃的炸鸡，我面前有她，最关键的是，谢天谢地我终于摆脱那本女性主义的书，真开心。

“我们明天做什么？”

“啊，我明天要去参加集会活动。”

“什么？”

“明天有声讨偷拍集会，还有其他事……”

“我们的约会呢？”

我竭尽全力装可怜，但她眼睛不眨一下地耸肩说：“要不然一起去，来个集会约会！怎么样？”

她自以为有趣地笑了。拜托，一点都不有趣好吗？

“什么跟什么啊，周末要和我约会才行。”

“今天不是约会了吗？”

“你工作，我看书，这算哪门子约会？”而且我看的是女性主义的书！忍了一天的怒火涌上来。

“那不是约会是什么？你又来了吗？什么是约会？”

她笑得很古怪。因为之前在钟阁站附近的咖啡厅，我严肃地问她“什么是激进女性主义者？什么是韩男？”，她现在一逮到机会就会反过来捉弄我。

“我不管！知道了，你想去集会就去集会，但是我也有我想做的事，你必须答应我一个要求。”

“是什么要求？先说来听听。”

“哪有这样的？你先答应会答应我的要求。”

“我知道啦，先听再说。”

“答应我！”

“先听再说。”

这个铜墙铁壁般的女人一句话都不肯退让，我又能拿她怎么办呢？毕竟有所求的人更焦急。

“我今天不是很认真看书了嘛。”

“我能考你内容吗？”

啊，真是的！我按捺住急切的心情，直接切入正题：

"吃完炸鸡后能去你家吗？我是不是太直白了？"

"嗯，很直白。"

"嘻嘻。"

她的回答让我咧嘴大笑，直白又怎样？

她喝了口啤酒才又开口说："好，来吧。"

"耶！"她的一句话让我饥饿感顿无。

吃得也差不多了，我用手托下巴盯着她，她避开我的视线说："我还没吃饱。"

"嗯，我知道。慢慢吃，慢慢吃。"

我故作泰然，继续托下巴盯着她，但视线中有种掩饰不住的迫切。本来打算忽略我视线的她最终忍不住笑了，我也跟着她笑。

"哎哟，你真的是！"

"你明知道我在想什么就快点走吧，好吗？快点！"

我们打包了剩下的炸鸡，并肩走向她家。

我们打开门，脱鞋，紧搂彼此，直奔床铺。亲吻、抚摸、脱衣……一切自然地发生。我脱下她的上衣，没想到理应有的内衣却不翼而飞。我短暂地慌张了一下，但很快就忘了，反正都要脱掉的，没穿更方便。

在绝佳的时机，她从床底的箱子里拿出一个安全套放在我手中，真是的！虽说我经常碰到紧要关头找不到安全套的情况，偶尔不免败兴而归。男女应该要同心才对。再说了，凡事小心为上。虽然她口口声声说不结婚，但弄大她肚子好像不失为一个好方法？

在电光石火的一瞬，我的脑海闪过无数个念头，就现在而言，我还是得让手中的这玩意儿物尽其用。

“啊啊，好舒服……”

在我下方扭动身体呻吟的她似乎和我心灵相通。上次光化门重逢的那一夜，喝醉断片的我最后记忆只停在这里，所以今天是我们复合后我第一次看到她性感撩人的模样。

“舒服吗？因为是和我做，所以舒服？”我喘息问，她夹杂厚重混浊喘息的呻吟代替了回答。我不死心，追问道：“分手后我有时会想念和你这样的时候，你也是吗？是吗？”

告诉我，快告诉我！

她出乎意料地拍了我的臀部:“我要在上面。”

在我回答前，她便跨坐到我身上。和短发的她亲热有种陌生感，但这种新鲜的姿势别有一番风味，我不由自主地亢奋，天啊！她有了可爱的小肚子。她不管我的胡思乱想，径自缓慢地扭动她曼妙的身躯。

“我喜欢这样被摸。”

“嗯……”

“你喜欢吗?”

“我、我全都喜欢……”

由她主导的节奏比我想象的更刺激，我变得恍惚。

“啊，我，好像要高潮了……”

我从下方仰望她，按她说的努力爱抚她，我当然不排斥爱抚她，但心底深处总有一股尴尬感。过了一会儿，她大声呻吟着向后倒下，这就是女人的高潮吗？即便是我们打得火热的四年前，我也没见过她这种模样，陌生又新奇，她的全身连带被子都湿透了。

看到她如此享受的模样，作为床伴的我应当感到自豪，奇怪的是，我的心情却恰恰相反。为何会这样?

“你也高潮了吗？”

“啊，没有……”

“啊，刚才真是太棒了。”在我支吾回答的同时她喃喃地说。她从我身上下来，走到窗边咕噜咕噜地喝水。被独自留在床上的我默默拿下安全套，有种失意的感觉。

我好像变成了这场性爱的被动角色，节奏不再由我主导。好像就是这样。先不说差劲的心情，基本上我对女性主导节奏的情况相当陌生。

“要喝水吗？”

“嗯，给我吧。”

她裸体大步走来，给了我水之后走进洗手间，她的裸背映入我的眼帘，果然是大长腿。刚才虽没能看清楚，不过我隐约感觉得到她的大腿变得非常健壮。她说她每天都会运动，看来运动得很认真。

当我躺在床上胡思乱想时，突然瞥见那个放在床底箱子里的东西。有安全套、润滑液，还有一个长得很像门把手的粉红色玩意儿，上头还有两颗按钮。那玩意儿的尾端用硅胶做成圆圆的模样。这是什么东西？我随手压了压那个东西的硅胶末端。

床底下常备安全套的独居女性，很难和四年前的她做联想。当然，从前她也很性感，但当时我们和爸妈同住，想亲热就得去旅馆，所以不常去，如今她一个人住……呃？她不会每天带男人回家吧？一想到这里，我的心情变得奇怪，加上刚才她熟练地主导床战……

“你在干吗？不洗一下吗？”

不知不觉间，她回来了。

“这是什么？”我故作泰然地挥了挥手中的东西。

“啊，那个？美肤按摩仪。”她笑眯眯地回答。

啊，原来如此！我拍了下膝盖。

“所以你的皮肤才那么好！这个怎么用？”

三十岁的女人素颜皮肤这么好，果然是有理由的，她自己用这个，竟然还让我看那本《外貌协会》。我反复观察那个“美肤按摩仪”，她盯着我爆笑出声。

“傻瓜！你居然相信了？那个是自慰用品啦。”

“什么？自慰用品？”

我大惊，低头看着手上的那个东西，我知道女人会自慰，可是我不知道这世上有女人自慰的用品！更不要说它长得圆滚滚的，还是可爱的粉红色。这玩意儿哪里像男人那玩意儿，而且有自慰功能？

“女人的自慰用品都长这样吗？”

“唉，你这个天真的男人。这是帮助高潮用的。”

“哇！怎么用？”

“还能怎么用？唉，下次用给你看，现在我懒得动。”

她伸懒腰躺到我身旁，我顺势拥她入怀，却被她推开。

“去冲一冲再来抱！汗流浃背不觉得很难受吗？”

“哦，知道了。”

我尴尬地到洗手间冲热水澡。冲澡时我的脑袋一团乱，她整理安全套还不够，甚至有自慰用品。我知道她变成了激进女性主义者，而这些东西和她变成激进女性主义者有关吗？我有点混乱。

我用毛巾擦干身体和头发后回到房里，见她已经收好了那个箱子。我躺在她身旁小心翼翼地问：“女性主义者应该不讨厌上床吧？”

“什么？你为什么这样问？”

“女性主义者不是很讨厌男人开黄腔吗？还发起了MeToo运动……”

“喂，你够了。”她伸手捂住我的嘴，不是为了挑起我性欲的恶作剧，而是真心要我“闭嘴”。

我慌张地移开她的手抗议道：“我是说真的！女性主义者的形象就是那样。像是B舍监[1]那样超级挑剔，讨厌全天下的男人……”

那一刻她发自内心地深深叹气，并且转身背对我说：“你还是睡觉吧。”

“为什么？我说错什么了吗？我就是不理解才这样说。”

“要不要再多看几本书？”她头也不回抛出一句令我后背冷飕飕的话。

我从她背后搂住她的肩膀，真挚地说：“不能说明给我听吗？拜托。”

她思索片刻后叹气翻身。这次她面朝天花板平躺，我从侧面看着她，她的眼神透出复杂的情绪。

“因为你连性侵和性关系都不会区分。每个人都不喜欢在非自愿的情况下被迫做任何事，女人也是

1　B舍监：出自韩国小说《B舍监与情书》，描述从没交过男友的万年单身B舍监，收到许多情书之后，开始动心的过程。

人，怎么可能没有性欲？”

“原来如此。”

“当然了。”

她爽快的回答让我的心情又变得复杂起来。

“那，女人在欲求不满的时候也会找一夜情吗？”

我知道这种迂回式提问很卑鄙，幸好她似乎没察觉我的意图，摇头说：“有可能会，但女人一夜情遇见疯子的概率很高……再说还要避孕！只有女人单方面担心怀孕，太累了，所以想做爱的时候，在家里自己解决是最好的。”

她手指向刚才那个箱子，暗示那个自慰用品。

“一个人做有点那个吧……和两个人做差很多，不是吗？”我装腔作势看向她。

对吧？当然是这样，和我亲热好太多了，不是吗？

她双目圆睁地回答：“才不是好不好？这个是言语无法说明的。不然自慰用品怎么会被叫作家电伴侣？家家户户都应该准备一个才对，可惜你用不到。”

我们的对话内容无比荒谬，但她说这些话的时候却难以名状地煽情，近乎刚才和我亲热时性欲高涨的朦胧感，不，超越那之上。我大怒道：“你的意思是那个玩意儿好到你不需要找男人了吗？这种说法太奇怪了！”

她用一脸觉得我很荒谬的表情说：“不是，一码归一码……我说过这世界有很多疯子。”

“世界上真的有那么多疯子吗？”

我并不想否定她的话，当然也不代表我肯定她的话，她用“你要我怎么办”或说是“这些还得一五一十告诉你吗”的表情看着我。

“耍赖说自己想不戴套，突然骂一些不堪入耳的脏话，拳打脚踢……女人说不想交往断了联络后，会不断纠缠、跟踪女人，威胁要大肆宣扬两人的私密事；害怕带男人回家，去旅馆又害怕有针孔摄影机；还有也许对方就是个偷拍惯犯……”

天啊！从她的嘴里听到这些事，我非常吃惊，但仔细想想，她说的这些似乎都是新闻报道中司空见惯的内容。

她看到我的反应，边耸肩边补充道：“至少你是我交往过的人，而且我也够了解你，带你回家还算安全。”

"原来如此。"

"还算"这个词没有让我很开心，不过由此推论，除了那个长得像美肤按摩仪的自慰用品，她的香闺似乎没那么容易被他人闯入。

"总而言之，我当然喜欢亲热，这又没犯罪。但是！我只喜欢和我喜欢的人，在我想做的时间，用我喜欢的方式做。"

"是吗？我每时每刻都喜欢做，嘿嘿……"我事不关己地奸笑。

她用锐利眼神瞪着我："那就是问题所在！"

"这算什么问题？"

我不以为意地撇嘴，但她没打算停止这个话题。

"还有你是不是以为只要戴安全套就能无后顾无忧？"

"当然了，不是吗？"

"不是。安全套的避孕失败概率非常高！"

"我可没有失败过！"

"哎，那是你个人的想法。站在女人的立场来说，就算是0.001%的可能性也非常可怕，你知道吗？而且韩国是禁止堕胎的国家！这真的很令人愤怒。你懂在大创买三千元的验孕棒的心情吗？”

“不用担心！我真的没避孕失败过。”

尽管我立下豪言壮语，她仍摇头悲壮地说：“安全套绝对不保险，但有一个绝对保险的方法。”

“咦？是什么……”

“结扎手术！”

一时间我怀疑我听错了，但她的眼睛闪闪发亮地眨了眨。

“那个以后想解开还是可以解开的，你知道吧？你不是想无忧无虑地亲热吗？如果有男人做了结扎手术，我对他的好感度会上升到两百分。啊，但必须给我看手术证明书，因为从外观上看不出来。”

她跟身强体壮的三十多岁未婚男人提什么结扎手术，是不是太荒唐了？她是不是精神不正常？

我脑海一片混乱且慌张，勉强维持平常心说道：“避孕方法那么多，为什么偏偏要……”

“我吃口服避孕药有严重副作用，会一整天昏昏欲睡，心情忧郁，反胃想吐。再说，我有抽烟的习惯，也不适合吃。”

那就戒烟！我本来就看不顺眼她抽烟，她还敢提抽烟，简直是火上浇油。

“避孕花的钱加加减减，三十万韩元跑不掉吧。买安全套和避孕药的钱，再加上买验孕试剂的钱，想一想还是多少有经济负担，是吧？”

“够了，不要说了。”

总觉得她会立刻拿出结扎手术宣传手册，感受到危机的我不知不觉间变得严肃。

她向我投以不屑的眼神：“反正得快点让终止妊娠合法化，这样女人不管去哪家医院都能接受安全的堕胎手术，到时男人可以无后顾之忧，疯狂享受，多好。”

“哎哟，女人才爽好不好，尤其是像你这种漂亮又懂得替男人省力的女人。”

我现在是配合你这个激进女性主义者，老实说，站在男人立场上，男人做一次累得半死，女人躺着享受就够了。

我不过是说出平常的内心话，她却再次用杀气腾腾的眼神瞪着我：“你真的是，不知道该拿你怎么办才好！”

“我又怎么了？”

我们明明只是躺在床上对话，我搞不懂她干吗对我的每一句话反应都这么大。她总是因为我说出我认为理所当然的话而发怒，仿佛我们在两条平行线上奔跑，看来我们往后的共同生活难度会很高，会像走钢索一样惊险。

“总之，我会继续参加堕胎示威集会和谴责偷拍示威集会，只有那些东西在社会上消失，我们周末才能安心约会，你懂吧？所以你也要出份力。”

“原来如此。都是堕胎罪的错。”我已经不知道自己在说什么了。

“现在睡吧。”

她翻身，我伸长手关上台灯，靠在她身旁，小心翼翼地搂住她的腰。我们赤裸拥抱时，她的体温抚慰了我的心情。

她好像觉得不舒服，挪了挪身体，抓住了我放在她腰上的手，莫非她要甩掉我的手？我正想着的同时，她把手轻轻地覆上我的手，移到了她的胸前。

今天果然是一场不得了的约会，仔细回想，有不少让人头疼的事情，不过我和她赤裸相拥的当下，那些事情神奇地烟消云散，只留下了快乐和甜蜜的希望。

我就这样抱着她沉沉睡去。

隔天早晨，当我睁开眼看见陌生的天花板时，身旁的她已不见人影。我起身走出房门，看到她穿着睡衣坐在餐桌前吃东西。

我捡起地板上的内裤，边穿边对她说：“借我衣服穿。”

“啊，好哦。”

她从衣柜里翻出了T恤和短裤，我随意穿上后和她面对面坐在餐桌前。

“睡得好吗？”

“嗯。你呢？”

“你吃了什么？”

“香蕉和鸡蛋。要吃吗？”

她替我准备了如同减重餐般的朴素早餐。

“你每天都吃这些？”

“嗯。早上没什么食欲，简单吃点。想喝豆奶的话，冰箱有。”

我剥着香蕉，突然动了捉弄她的念头。

“我受不了每天吃这些，我早餐一定要有饭和汤。”

她一脸严肃，用可怕的眼神盯着嬉皮笑脸的我说：“少说两句吧，要吃什么，你自己准备。”

“喂，开开玩笑也不行？”

“好笑吗？”

我心底暗暗抱怨她是个不懂幽默的女性主义者时，她起身说：“我吃完了，先去洗澡，准备参加示威集会。”

“你真的要去？”

“你想说什么？”

“你不累吗？不腻吗？”我抓住她的手尽我所能地撒娇卖萌，她却不吃这一套。

“我去洗澡了，你慢慢吃。”

真不够意思。我拿起鸡蛋用力往桌子上敲，把气出到鸡蛋身上。

她打开洗手间的灯后回头说：“那件T恤很适合你，是给你的，你直接穿回家吧。”

咦？我走进她的衣帽间，这才仔细打量镜子里的自己，赫然发现我胸前T恤写着一行英文字：

好女人才能去天国，坏女人想去哪就去哪。

这……她到底有几件女性主义字样的T恤？非得让我穿上这种衣服吗？我的男子气概深感危机逼近，我想立刻脱掉它，可如此一来我就得穿上昨天穿过的衣服，很不舒服，可恶！我看着镜中的自己老半天，好麻烦啊，我别无选择，幸好现在也没人看我。

那天下午她兑现了她前一天说的话，真的跑去参加示威集会，而我送她到示威集会附近才回家。在此之前，我在她家拼死拼活地拒绝她送我“坏女人”T恤的好意，几经折腾，她单方面主张，我以后想睡在她家一定要穿这件衣服才行。单身独居是她在我们的这段关系中最大的优点，到头来，就连这一点也被沾染上激进女性主义的气息。

家族活动

“儿子，你最近有交往对象吗？”

星期天晚上，她去参加示威集会，我闲得在家吃晚餐，老妈在看电视时冷不防地抛出这个问题。我听得出老妈小心提问的语气，也看得出老妈充满期望的眼神。也是，老爸老妈这段时间从不问我“什么时候回家”“为什么不回家”，不过同住一个屋檐下的儿子不回家，为人父母当然会在意。再说，近来我约会和恋爱皆无所成，“夜不归宿”这个词和我绝缘许久。发问的是老妈，但我感觉得出老爸在一旁竖耳等待我的回答。人生好难，压力好大。

我一时踌躇不决，说真的，我无法判断此时此刻和老爸老妈坦白我在恋爱是不是太早。等她回到从前模样的那一天，我一定会把她介绍给老爸老妈认识，现在似乎还不是时候。她现在是个抽烟并且参加谴责偷拍示威集会和反性交易研究小组的女性主义者，在我妥善处理好这些事之后再告诉他们会更好。

“不是你们想的那样……”

我笑着打马虎眼，老爸立刻发出“啧啧”声，有点被惹怒的我也只能乖乖待着。老妈观察了我的神情后开口道：“既然没有，你爸有个老朋友在当老师，听说人家女儿漂亮，性格也好，你要不要去认识新朋友？”

“我会自己看着办的，妈。”

一来我现在有女友，二来我有我一贯的原则——不和爸妈介绍的女人交往。这是我从朋友身上得到的血淋淋的教训，在双方长辈过度的关心与干涉之下开始的恋情，无论顺利与否，都很让人伤脑筋。

“你老说会自己看着办，怎么到现在一点消息都没有？”老爸用前所未有的可怕神情和语气催促我。

在老一辈的思想观念中，哪怕子女考上一等学府，进入一流职场，倘若年过三十还是未婚就是不孝。从几年前，老爸的家乡朋友们开口闭口都在炫耀孙子，我不是不了解老爸的心情，可我就是不爽。

"又不是我想交就能交。"

"臭小子，什么叫作不是你想交就能交！"

我不满地沉默，很想大吼：我早就交到女朋友了好不好！客厅气氛一下子变得冷漠，老妈最后拍拍我的肩膀，出面打圆场："你先考虑看看，好吗？"

"考虑什么啦。"

我不悦地顶嘴，却看见老妈别有深意地挤眉弄眼。与此同时，老爸发出不屑的"啧啧"声后起身，砰的一声关上房门。

我叹口气说："我也回房了。"

我话刚说完就被老妈拖回房里，她凝重地说："你爸的体检报告出来了，有很多地方不太好，医生要他戒烟，好好保重身体。"

啊，又是香烟。香烟果真是万恶的根源，她也得戒烟才行。在老爸被医生勒令戒烟的情况下，要是老爸老妈知道他们的准媳妇是个老烟枪，怎么可能会开心？

"那又没什么。老爸因为年纪大了，身体才没以前好，以后好好管理健康就行了。"

"当然了，但他心里难免在意，担心看不到儿子成家。人生无常，世事难料，谁也说不定以后会怎样，他怎么可能不担心你？”

“真爱瞎担心……”

对于老爸的反常，我的心情错综复杂。我感到荒谬、郁闷，也愧疚自己变成了“娶不了老婆”的不孝子，但我又有点烦，不明白自己为什么要因为未婚而内疚。

“你也知道你爸不到两年就要退休了。”

“知道了，在他退休前我会结婚的啦！”我不知道该回答什么好，居然下意识这样回答。两年的时间实在不多。

老妈神神秘秘地向我递来手机说：“你看到这个了没？”

我看到老妈手机屏幕画面是老爸的社交软件头像。我们家不是那种爱天天联络的家庭，家庭群里只有老妈会偶尔发消息，所以这是我第一次注意到老爸换了头像。

“这个小孩是谁？”

老爸的头像是一张他抱着一个陌生的小孩笑得一脸幸福的相片。

“我本来也不知道，一问之下，才知道是你永福叔叔的孙子。他把自己的头像换成和别人家孙子的合照……”

“……”

“儿子，怎么办？不知道真相的人还问我这张合照上是不是你爸的孙子呢。”

“天啊……”

这笑话真幽默，不过一想到当事人是老爸，我瞬间笑不出来。

“你爸只要执着某件事就不管三七二十一，说不是自己的孙子又怎样。看他想抱孙子想成这个样子，真的是……”

“哎哟……”

“偏偏体检报告结果又不好，他心情正在调整期，你多谅解他。”

“知道了，我会的。”

“话说回来，假如你现在没有交往的对象，能不能先和那位小姐见面？我想你爸多少能消气。”老妈观察我的神色后谨慎开口。

啊……我很想拒绝，但一想到歇斯底里的老爸和被老爸折磨的老妈，我不由自主地动摇。

“我不说是因为还不是时候说。我现在确实有交往的对象，你能不能先帮我向老爸保密？”

“真的吗？”

“真的，不过……嗯……是真的。”

老妈听到我的话，笑容顿时撑开了她脸上的皱纹。我很久没看到老妈这么开心了，上一次看到她这个样子，大概是得知我工作面试合格的时候吧。

“我知道了，我会转移你爸的注意力。好好加油，知道吗，儿子？”

在严肃气氛中开启的对话，以老妈的加油打气画下句号。

我躺在床上，心情极其微妙。

结果还是说出去了，用冒冒失失不足以形容我对老妈坦白的这个决定，总之我说出了交往的事实，只是隐瞒了她的古怪。就连我都觉得她很棘手，老爸老妈绝对更难理解她的怪，我得加快速度改变她，让她更贴近我的价值观；若是不成功，早分手早好，这是最实际的做法，举棋不定将会酿成大祸。

我郁闷地拿起手机看YouTube上的搞笑视频，结果很晚才看到她的消息：

我刚到家，你好好休息了吗？

今天太累了，我会早点睡。晚安。

收到她的消息本该是开心的事，我却莫名伤心。我明明感觉到她喜欢我，她干吗拒我于千里之外？这一点让我不满，我们都已经交往一阵子，摆高姿态也该有分寸。

我不让她参加集会吗？我撕烂她那些女性主义的T恤吗？专注工作的她很有魅力，和她聊天很有趣，和她待在一起的时候非常自在愉快，她长得漂亮，和她一起时激情四射……她什么都好。该死的女性主义！问题就出在这儿。一想到我就伤脑筋……我该忍到什么时候啊？

时间在我彷徨苦恼中流逝，不知不觉间，秋天来临。

我得去参加爷爷八十大寿的家族出游活动，一切决定得突然，假如是和她一起去情侣赏枫旅行该有多好。

即便是长辈的寿宴，别人家顶多吃顿自助餐庆祝就结束，我们家族偏偏要搞特别，硬是租了一间七十坪大的度假村房间，举办四代儿孙同堂的两天一夜旅游活动。

作为孙辈的我们理所当然没有话语权，老实说家族出游既麻烦又不自在，而且会占用我和她的约会时间。我含糊告诉她我那两天有事，但她当然不会轻易被我打发。

我无可奈何地坦白是去参加爷爷寿宴，她摇了摇头说："唉，我老实告诉你，我以前和妈妈、姐姐住算很自在的了，不过你家真的……"

"我家怎么了？"

"反正，我知道了，你放心去吧。"

她话说到一半就停止了，挤出微笑。我懂她微妙的口气，男友不能陪自己约会，哪儿有女朋友会不伤心、不生气的？考虑到她的心情，我没再追问，只是点头回应。

备受期盼的家族聚会日到来。我开了几小时的车载爸妈到了位于庆州的度假村，见到久违的叔叔、堂哥、堂姐和侄子们，很高兴。这也是我时隔数月再见到爷爷，他看起来还是很硬朗。我们家大部分亲戚都住在大邱，只有我们一家人住在首尔，因此大家看到我们一家人格外开心。

大伯一见到我就问："胜俊，你什么时候娶老婆？"

我咽了口口水，冷静地回答："我现在有交往的对象。"

我身边的老爸露出满意的笑容，其实老爸一路上千叮咛万嘱咐说："你被问有没有女朋友的时候，无条件说'有'，知道吗？"

"他很快就要准备婚事了。"老爸大声补充。

大伯喜出望外地说："真的吗？怎么不把女朋友一起带回来？"

"迟早会见面。"

我听着两位长辈的对话，心里直打冷战，万一她来参加我家的家族聚会……我无法想象会发生多恐怖的事。说不定骗亲戚们我女友是国外长大，韩语不太流利的侨胞还比较好，假如死板传统的大邱亲戚知道她的真实身份后，两者之间必然会出现一道无法逾越的鸿沟。不夸张，事情就是如此恐怖。

堂哥抱着侄子从后头出现，好奇地问："哦？胜俊有女友了？很快就会结婚了吧。"

"当然了。"

不晓得老爸是光想象实际上不存在的媳妇就很开心，还是本来就是个演技派，反正他露出前所未有的开朗神情。看到被我蒙在鼓里的老爸真的有点难受，我正打算落荒而逃，老妈拍拍我的背，朝我眨眼——那是与我共享一个秘密的共犯眼神。倘若说得再具体一点，老妈的眼神暗示着"你很快就能带女朋友见你老爸，再撑一下"的意思，哈……我不由自主地叹气。

由于大伯坚持认为度假村内的餐厅又贵又难吃，所以我们每个家庭约好各自准备一道菜来。老妈考虑到人多，准备了大分量的韩式烤肉，她几天前就上市场采购食材，昨晚忙到三更半夜。等亲戚到得差不多之后，大伯母和堂嫂们纷纷拿出准备好的食物，有各式各样的煎饼、排骨、海鲜和龙虾，种类丰富。

幸亏我们家族租了七十坪大的房间，厨房也够大，女人们各自散开做料理，男人们坐到客厅。去年刚出生的小侄女夏恩独占客厅所有人的注意力，我很羡慕拥有这么一个心肝宝贝的堂哥。刚满周岁的夏恩超级可爱，我也想快点生一个女儿，如果我们的女儿长得像她，一定会超漂亮、超可爱……

"你要不要抱一下？"堂哥看出我羡慕的眼神，问我道。

我犹豫，讲真的，我没有抱小孩的自信。堂哥不等我回答，把夏恩放到我怀中。她太娇小、太脆弱，我生怕一不小心伤到她。我用生疏的姿势拍打夏恩的背，她的身体忽然往下滑，然后大哭。

我一下子慌了手脚，堂哥老练地抱回夏恩，哄着她，我才松了一口气。

"好像得换尿布了。"

"哦，哥你会换尿布？"

"拜托，一定要会好不好，现在爸爸们也要一起育儿。"

堂哥自信满满地抱夏恩回房，朝着在厨房的堂嫂问："老婆，夏恩的尿布收在哪里？"

"啊，在我包里的紫色内层。"

"OK。对了，湿纸巾呢？"

"放在一起，我去拿。你等我一下，这个弄好就好了。"

"没关系，你忙你的。"

"我说我去，你等一等！"微妙的是，堂嫂的声音渐渐拉高。

"我会换好不好！"

"拜托，上次你包尿布没包紧，结果全部漏出来，害我只能把衣服全部扔掉！"堂嫂心烦地大喊，宽敞的屋内立即一片死寂。

堂嫂的公公，也就是我身旁的三叔眉头立刻蹙起。三叔靠近老爸耳边悄悄地说："大哥，我们那时候想都没想过会有这种事，对吧？老公肯帮忙就得谢天谢地才对。"

"现在男人的家族地位才没那么低，是因为她本来就是悍妇。"

哪怕发生天崩地裂的大事，老爸都能当成别人家的事，说长道短。

堂嫂起码把堂哥照顾得很好，还生养了孩子，把她说成是个悍妇……我默默地咽了口口水。

“叮咚。”

门铃恰好在这时响起。因为坐在那里太尴尬了，我索性爬起来开门，看见一位意外的人物——我的小叔一脸尴尬地站在门外。小叔很少出席家族聚会，距离上次见到他已经三年了。我向小叔打招呼：“小……小叔你来了。”

“是啊，胜俊，好久不见。”

小叔走进客厅的下一刻，客厅气氛急剧变冷，尤其是爷爷的表情瞬间阴沉。

“爸，祝你八十岁大寿快乐。”

“嗯。”

父子之间的尴尬对话在一个来回内结束，幸好在厨房准备料理的伯母、婶婶和老妈高兴地招呼小叔。

“哎哟喂，好久没看到你。”

“小叔子你一点都没老。”

小叔用沉默取代了尴尬的回答。他静静地坐进客厅，不一会儿就假装接电话暂离。爷爷和大伯看准这个机会大嚼舌根：“这么会念书有什么用，得娶老婆才行。”

“爸，允浩好像放弃结婚了。”

在这个节骨眼儿上，老爸怒气冲冲地插话：“你这家伙，少扯什么放不放弃。站在爸的立场当然会担心他，他马上就要五十了，上了年纪的单身汉下场有多凄凉。”

三个长辈轮番接力，数落小叔。

小叔任教于首尔市的一所大学，是个大学教授。从他的社交网站看来，他享受着到处旅游、品味红酒的生活。即便如此，他在自家父亲和哥哥们面前依然像个罪人。

在我发呆胡思乱想之际，安慰着爷爷的老爸的目光冷不防扫向我。

看到你小叔那副落魄样了吧，你给我打起精神！——老爸的眼神隐藏的信息大致如此。

其实三年前最后一次见小叔时，我处于事不关己的状态，把小叔的事当成别人家的事。不过这次有点感同身受。说真的，我觉得长辈们这样说小叔稍显过分，不结婚又不是滔天大错，再说，爷爷膝下早就有了曾孙。

当我意识到自己居然在想这些时，瞬间烦躁。什么跟什么啦！我为什么要感同身受，我又不会变成大龄剩男，我和小叔绝对不一样。没错没错。这样做是有点对不起小叔，但我必须划清界限。

在这段时间内，夏恩换尿布的事引起堂哥和堂嫂夫妻俩的吵架。房内隐约传出他们的吵架声，而在厨房做菜的三叔母和其他堂嫂的表情变得微妙。

客厅、房间和厨房都没有我的容身之处。在老爸和叔伯们讨论有没有对象能介绍给小叔的时候，我趁机溜出去。

我欣赏了一下度假村的人工花园后打电话给她。

“喂？”

听见她的声音，我原先昏沉沉的脑袋变得清醒。

我问她在做什么，她悠闲地告诉我她一个人在我们去过的咖啡厅看书。咖啡杯、沙发、昏黄灯光、穿着整洁的情侣们……我在脑海里描绘着那幅情景，忽然极度想念首尔的文明世界。

我很想告诉她这里发生的每一件事，却预感有些事会招她反感，所以只简单提及小叔的事。

她原本“嗯嗯”地回应我，忽然间沉默了。

“你小叔会不会是同性恋？”

“什么？”

“不无可能呀。他算是在上个年代的社会环境下长大的不婚者，所以我才联想到这个。”

“你是说他是同性恋？”

“对，搞不好真的是，或者是无性恋者。”

“你说我小叔吗？喂，你怎么可以说这种话？绝对不可能啦。”我不由自主地提高音量。

“干吗这么反感？”

“不知道啦。反感还需要特别理由吗？”

“你现在是承认你反感咯？”她用犀利的语气反问。

对。我真心反感。

“不是，与其说反感……反正我小叔不是那样的。”

她竟然说我小叔是同性恋，光想就很不爽。太不像话了。这个话题我拒绝深聊，赶紧转移话题。

“你等下晚餐吃什么？”

“不知道，我想吃个拉面再回家，你呢？”

"啊，我们每个家庭都带来了一道菜，菜色超丰盛，有韩式烤肉、龙虾、排骨……"

"什么啊，大老远跑去那里，还要自己从家里带菜？为什么要这样？"她的口气变得犀利。

啊，我说了没用的话。然而话已出口，覆水难收，我心虚地回答："因为……长辈说吃外面的又贵又不好吃……"

"你们家把妈妈们当成免费劳工了吗？你们家真的是……"

"我们家怎样！怎样了啊？"我无从辩驳，徒以高分贝压制她。

她不吃我这一套，继续说："我呢，以后会继续买外面的东西吃，还有我会两周一次委托专业的居家清洁公司打扫家里。只有我特别想吃的料理，我才会自己动手。我的意思是，家务委外化是必需的。"

不是吧，吃外食对身体不好，这不是基本常识吗？换句话说，她不打算做菜咯？"专业的居家清洁"是什么？"委外化"又是什么？

各式各样的想法涌上我的心头，不过在这种情况下，我认为电话不是个良好的沟通手段，而且小不忍则乱大谋，我选择回以“嗯嗯”“这样啊”这样机械式的答案。

气氛冷了下来，我们的对话也跟着结束。挂断电话后我一屁股坐下，心情比打电话前更郁闷。这时，我看到小叔在远处边抽烟边打电话，他该不会在和男友通话吧？在对男友诉苦吗？我永远不会知道答案，不，是不想知道答案。啊啊啊，都怪她说了奇怪的话。我带着错综复杂的心情回到了全是亲戚的屋里。

爷爷坐在和他一点血缘关系都没有的女人们准备的饭菜前，抱着曾孙一起吹熄插在蛋糕上的蜡烛。大伯、老爸和叔叔们鼓掌拍手，几个兄弟的眼神里除了“我们是如此孝顺父亲”的骄傲外，还带着欣羡与嫉妒。

盛大的八十大寿是每个男人晚年都想享受的最大喜悦，老爸他们用全身表现出爷爷是儿子们的成功父亲典范，期望自己有朝一日也能成为这个场景的主角——如同爷爷一样。

我在一旁赔笑，想象着等我到了爷爷这个岁数，有可能会是其他的模样吗？打从出生，我就注定是父权主义家族的儿孙。我一路以来忠实于自己被赋予的角色，不曾有过偏差。也许在我出生之前，这个位置已经为我准备好了。

我能摆脱父权主义的框架吗？不，应该是，我想摆脱这个框架吗？我真正渴望的位置究竟是在她的身旁，还是在这个度假村里充斥赤裸又愚鲁的气息的食古不化的世界中？

这种念头稍纵即逝，过程中，我的思绪陷入一片混乱，但结果仍是不了了之，在我身上仿佛什么事都没发生。我的世界一如既往。

意外事件

现在是星期四的下午五点，上班族最疲惫的时刻。我大致忙完了今天的工作，观察周遭同事的动静，盘算下班的好时机时，收到了她的消息：

我今天可以去你们公司那边吗？

咦？好[illegible]晚餐。

虽然不知道她为什么无缘无故要来，但我也因此更期待下班。一到六点，我跟着下班的公司前辈们一起偷溜跑去地铁站前等她。

“看到我很高兴吧？”

“当然高兴。”她甚至说出了不像她会说的可爱台词。

心情大好的我伸手搂住她的肩膀，正想问她想吃什么时，她抢先开口："我好像遭殃了。"

"怎么了？"

"我好像真的得辞职了。"

我不觉搂紧她的肩膀："这么突然？"

"一边喝酒一边说。"

这次我们也去烤肉店喝烧酒。这附近一样有很多气氛绝佳的约会好地点，但没什么用。

我们边烤肉边喝酒。我既好奇又担心，等她开口告诉我怎么一回事。

"之前我不是在咖啡厅准备项目方案吗？后来那份方案我改了好几次，结果还是没通过。"

"方案内容是什么？"

"关于终止妊娠权。"

"啊……"

那时我在咖啡厅想都没想到要问她方案内容。

"然后呢？你问了不通过的原因吗？"

"其实这种事不是第一次了，假如只是方案不通过也就算了，但是……”

“但是？”

“那个混账作家忽然跑来公司。”

“哪个作家？”

“还能是哪个作家？就是那个畅销书作家……”

啊，那个家伙！骚扰折磨我漂亮女朋友的家伙。那混账东西又来找事儿？

我的火气一下子就上来了。

按照她告诉我的内容，我重新拼凑出了事件的来龙去脉。

那位作家在下午三点左右到了他们出版社，当时她好巧不巧地要去会长室，在走廊的饮水机接水喝，所以走出电梯的作家第一个看到的人就是她。当时她的第一个想法就是不想见到那个作家，不过人在公司，身不由己，一定得热情迎接人家才行。

“朴老师，你怎么突然来了？”

“哦，你过得好 …… 话想说……”

…… 容，她就一阵反胃，勉

强回以假笑。她为他介绍公司内部环境，再请他到空会议室稍坐，去通知组长。

“组长，朴作家来了。”

“啊，是吗？”

“是的，我请他先在会议室稍候。”

转达完后她回到自己的座位上，继续做刚才没做完的工作，组长从她身后呼唤她。

“作家要你一起进来！”

她抱着侥幸心态回头，立刻和组长对上眼，确定了组长口中的“你”说的就是自己。她迫于无奈，带着笔记本和笔一起进入会议室。

“您突然过来，真让人高兴。”

“我到附近办事情顺道过来。组长乐意我突然造访吗？那我以后要更常来才行。”

作家和组长相视而笑，在场笑不出来的只有她，硬是配合气氛勉强假笑。

“这是我在构思的内容。”

作家从包包里拿出一份薄薄的稿件递给了组长，组长认真阅读了起来。身形娇小的她虽与组长并肩而坐，却还是看不见稿件内容，她眯起眼睛想看清楚上头的文字。

“哇，内容太棒了吧！这份原稿直接出版也没问题。这一部新作品您打算怎么筹备？”

那份稿子的内容真的很棒吗？还是组长只是看中作家的身份才想出版，故意遗忘过去出版社出版过好几本类似作品？不过现场气氛由不得她说出真心话，只能闭紧双唇。

“你觉得我为什么叫她一起来？”作家说。

“我……不清楚。”

组长和她都琢磨不出作家的话背后隐藏的真实意义，但她有种不祥的预感。

“这次她当责编的书很不错。”

“啊，您说那本书吗？”

作家说的是上次她给我看过的那本《外貌协会》，听说那本书在十多岁和二十多岁的女性读者群之间成了热门书籍，创下了亮眼的销售成绩。

“我需要一些新颖的观点，所以这次的书我想交给她负责。”

“什么？！”

她不由自主地发出惊叫，和神情微妙、默不作声的组长形成了鲜明的对比。因为那位作家的书向来由组长亲自负责，组长靠着那位作家的书在公司稳住了地位，换言之，那位作家的作品是组长的自尊心与骄傲。

“您也知道我们老板非常看重您的书。站在出版社立场，我们必须开会才能确定您的责编。”

“李老板会信赖我的决定的。”

“啊，我的实力还不够。”一时慌乱的她重新打起精神插话道。

“没这回事。你跟着我做不会有问题。”作家意味深长的眼神看得她阵阵恶心。

“由于这次作品的调性，我需要更年轻的编辑帮忙抓住年轻的读者群。”

“也好，既然您这么想。亲爱的，你会好好做的，对吧？”看来大局已定，组长转问她。

“啊，我没有信心……”

她想打马虎眼搪塞，但作家接着说：“我要说的说完了。这次由我和她处理作品出版的事，稍后再联络相关事宜就行了吧？”

“好的，稍后会联络您。”

“找时间碰面开会吧。”

作家向她投以微妙的眼神后离开了会议室。她看着作家背影，脊背一阵发凉，她必须对组长说些话才行，无论说什么都好。

“组长——”

组长不高兴地打断她：“多好啊。这次是你的好机会。好好干。”

说完，组长也离开了会议室。

她心烦意乱地跌坐在会议室椅子上，逼自己专注在一些她不擅长的事上，想借此分散对这件事的注意力，直到一小时后，那位朴作家发消息说：

> 我们明晚见，如何？
> 喝酒谈心吧。

看到消息的那一刻，她再也忍耐不住，拿身体不舒服当早退借口，离开了办公室。

“那么……负责那本书会怎样？以后你每天都会见到他吗？”我问。

“不至于每天，但是联络频率一定会变高。最重要的是，不知道他打什么算盘要指定我当责编，我一想到这件事就不舒服。”

“那要怎么办？”

“我一定要想办法推掉这份工作，但一时间找不到理由。雪上加霜的是，其他编辑因为失去和这位作家合作的机会吵成一团。”她忧心忡忡地说。

我想帮她解决问题，但不管我怎么思考解决之道，站在她的立场上来看，这的确是一个棘手的问题。

“嗯……明天先去赴约怎么样？说不定你会改变心意。见面的时候记得把对方的话录音！如果他再纠缠你，你就公开录音文件。”

“你要我先去见他？偷偷录音有法律效力吗？”

“不管有没有法律效力，起码有证据让公司的人相信你的话！真是的，不知道那个混账在算计什么！我真想和你一起去。”

她听了我的话连连摇头说：“我会自己看着办。”

“应该会没事吧？那个作家应该不敢又乱来吧？”

老实说我没把握，但只能先配合目前情况说一些空话。

“你原本也打算走一步算一步，见招拆招，不是吗？”

“嗯，我是打算先这样……”

我明知期待“应该”无异于一场赌博，但我又不能鼓动她马上离职。对她而言，离职不是个好办法，到头来我能安抚她的话也只有这些了，我也清楚我提出的方法很拖泥带水，因此感到心情沉重。我们相对无言，陷入沉默，最后她像个酗酒的酒鬼，叹气干了一杯烧酒后砰的一声放下酒杯。

“真是，讨厌死了，干脆不干了。”

“不过你不觉得很冤枉吗？”

“冤枉是一回事。做错事的是那个混账，辞职的却是我，我当然会觉得冤枉。啊，这个讨人厌的世界……”

“这就是人生，我们又能怎么办？”我安抚着她。

她醉眼惺忪地看着我说：“这是我最讨厌的话。很卑鄙。”

“哪里卑鄙了？”

大家都三十了，又不是热血青年，接受、适应现实世界是基本的吧。

她的表情瞬间变得悲壮："啊，真的不行。我，一定要说。明天我要说出去。这段时间我忍耐下来的那些事，我要统统说出去。"

"你醉了。"

一瓶烧酒见底，她喝醉了的身体晃动不定。

"啊，不管了啦！离职就离职，谁怕谁！我早就该把所有真相说出去。"

一些写有她名字的"知名畅销作家爆MeToo丑闻"的电视或网络报道的画面从我脑海一闪即逝。我会全然相信她的每一句话，是因为她是我的女友，然而其他人也会相信她吗？

"是花蛇[1]吧。"

"单恋男人不成，自己在做戏吧？"

"一定要告她诬告。"

"严惩假MeToo！"

在我的想象中，连我也遭到广大网民的"非议"，包括过去我和朋友的无心之谈也变成了另一

1　花蛇：贬义语，指利用美色勾引男性的女性。

股席卷我的恐怖浪潮。说真的，这种想象虽然荒谬，但我讨厌她被群起指责，显得身为她男友的我是个傻瓜。一想到“管好自己女朋友吧！”的批评留言，我立刻酒醒。

“这样下去被骂的只有你，损失的也只有你！三思而后行……”

“要三思什么啊！”

她先是伸出中指硬生生卡死了我的话，然后立即趴在桌上。

“唉……”我不禁长叹。

她不是会乖乖听话的女人，可是出版社会轻易相信那个作家是个渣滓吗？从她的话听来，似乎未必，万一出版社不相信呢？我总有种不祥的预感，在各大媒体上看到她的脸好像只是迟早的事。

我清楚，越是这种时候，我越应该成为她的支柱，她正努力地走在一条没有答案的路上。可是另一方面，我心知肚明错不在她，却觉得那样的她有点麻烦。

“起来，回家再睡，听到没？”

“嗯……”

我们交往的这段时间，一起喝了不少次酒，不过彼此都有节制，今天她居然喝到趴在桌上，看来完全醉了。我别无选择，只能背她去搭出租车。

她明明喝得烂醉如泥，站都站不直，却偏不告诉我大门密码，坚持自己瞎按。我眼看着她的手指一而再，再而三地在大门密码板上滑掉。她花了十几分钟好不容易才开了门。

不知道是不是扶她扶得太久，我感到她的身体越来越沉，我吃力地把她放到床上，她伸个懒腰翻身睡死。我俯视着她孩子般的睡脸。坚决、愤怒、皱眉、心寒，她平常看我的那些表情此时此刻在她脸上全都消失无踪。我真希望平日她和我相处时，能一直用这张没有攻击性的面孔。

我看着她好一阵子，意识到时间不早，而她家和我家有一段距离。我该怎么办？睡醒再回家？烦恼到最后，我还是走出了她家，因为睡她家明天上班太麻烦了。我离开时，她陷入沉沉的梦乡，一点呼吸声都没有，可能是因为她的身体本能感知到主人的疲惫。

正因如此，我更不可能若无其事地睡在她身边。老实说，我也不知道我为什么会做出这种决定，顶多拿“明天要上班”当借口。

躺在床上的我感到眼睛酸涩，身体也像灌了铅一样沉重不堪，奇怪的是，到深夜我依旧辗转难眠。

隔天，我好不容易拖着疲惫的身体起床上班。上班路上，我担心她起床了没，于是发消息给她。这时候我才切实感受到，平日散漫的她不过也是一个恪守本分的平凡上班族。

我第一次喝到起床还在宿醉。

消息的语气跟她平常说话差不多。假如我提起昨天的话题，会不会带给她压力？也许她昨天嚷着要揭穿作家真面目只是喝醉酒不能算数的话，我要不要当没这回事？

“你今天真的要说吗？”我的大拇指放在发送键上，犹豫不决之下，还是删掉了文字，改成一条“喝点饮料解酒吧”的消息发出。

我一方面担心她今天告诉组长作家性骚扰的事，一方面又担心她什么都没说，晚上一个人傻傻跑去赴约，但我却不知道自己能做些什么，我们的对话结束在她“嗯，晚点就没事了”的回复后。

手机的动静吸引了我的全部心神，担心、不安、同情，以及对日后不知道还会发生什么事的忧虑等各种情绪交错，以至于我的脑袋混乱不堪。一个上午过去，她都没联络我。

上午半天的工作很不顺利，全怪我，同组的郑前辈在组员们一起用午餐的时候当众斥责我。

“你今天怎么回事？一直盯着手机，有什么事吗？”

“啊，没事。”

“听说你最近有交往的对象？”

“是的……”

“和你同时期进公司的员工里，只剩你没结婚吧？”

“除了我和俊昱，大家都结了。”

“你一定很在意吧。对女生们好一点，明年一定要摆脱单身，知道吗？”

“哈哈，好的……”

唉，郑前辈那副讨人厌的嘴脸。他凭什么神气啊？他去年想尽办法才成功相亲结婚。再说，他和我差不到三岁，每天自以为是了不起的大前辈教训我。

这时放在桌角的手机屏幕亮起，我吓了一跳，赶紧拿起手机确认。

不是她。失望之余，我滑开了我们的最后一次对话界面。我叫她喝点饮料解宿醉是不是不太好？我起码得送她一张电子礼品券，让她去换饮料？我胡思乱想，心里总感觉不踏实。

坐在我对面的郑前辈又开始倚老卖老地说：“胜俊的表情好严肃啊，真的出了严重的事情吗？你是不是被女朋友甩了？”

唉，拜托你搞清楚状况，不该插嘴的时候就闭嘴。就是因为你这副德行，后辈们才讨厌你。

“不是那样的。”我的声音变得比平常更低沉，因为事情扯到她身上，我变得敏感。

郑前辈一下子变了脸：“知道了，小子。不过，你干吗压低声音？”

我和郑前辈之间气氛明显紧张，同桌用餐的同事们吃惊地看向我们这边。

“没有啦，前辈，我哪儿有压低声音，没有没有。”

到头来还是只能我压低姿态，向郑前辈撒娇，这不就是所谓的职场生活吗？卑劣却无可奈何。

她的选择

直到下班前她依然无声无息，下午我借口去洗手间打了好几通电话给她，结果都是无人接听。我放心不下她，一时冲动，下班直奔她的出版社。我在地图软件上输入出版社的名字，屏幕随即跳出出版社地址，位于合井附近，离地铁站步行五分钟距离。

在抵达出版社大楼之前，我又一次打给她，仍旧无人接听。我想直接进去找人，但考虑到这不是她的作风，再说这样做对于她的状况无济于事，所以我决定在大楼前等她出来。

要命的是，出版社所在的大楼一楼是一家颇有人气的马卡龙店，店门口顾客大排长龙，大多是女性。由于我必须确认她的行踪，不能跑太远，只能别无选择地徘徊在大楼门口。我感觉得到那些女顾客注视的眼光。太尴尬了，我尽可能保持一定的距离。

时间一分一秒地过去，一张写着“今日售罄”的白纸不知何时贴在马卡龙店店门上。下班高峰时段眨眼间过去，天色也暗了，她依旧没出现。

我正打算转移阵地，到附近的咖啡厅等她时，一名像是高中生的女孩向我走来，问：“叔叔，这家马卡龙店关门了吗？”

呃，叔叔？我指了指店门口那张白纸说：“今日售罄。”

尽管很介意那声“叔叔”，但我还是很亲切地回答她。

就在我要离开之际，那个女孩又一次问我：“可恶！每天都卖完，你知道他们今天大概几点关门的吗？”

烦不烦啊？这个都要问。我心里这么抱怨着却不受控地回想马卡龙店的关门时间。就在这时，出版社大楼下班人潮涌现，其中有个四十多岁、戴眼镜的大叔。哎哟，那位大叔好眼熟？

对了，是那个混账！那个折磨她的混账畅销作家！我看得清清楚楚，就是他！我气得双眼几乎能喷火，把因没买到马卡龙而焦虑的女高中生抛在身后，十万火急地跟着那个作家。

那个作家走没几步就停下来，不是吧，我雄心勃勃正打算上演一场好戏，内心突然涌起一阵虚无，不得已地一起停下步子，随即打量周遭环境。果然不出所料，这里是可吸烟区域。

他从夹克口袋掏出一个银色香烟盒，从中抽出一根香烟叼在嘴中，接着用高级的之宝牌打火机点燃香烟。又不是什么了不起的事情，我却莫名感叹于他那一气呵成的动作。我假装自己也是来抽烟的，刻意跟他保持距离，用眼角余光观察他的动静。

他抽了一口烟后立刻讲起电话，第一句话是这样的：

“嗯，崔律师，是我。有个疯女人……”

不夸张地说，我听到那句话的瞬间脊背发凉。疯女人？难道是说我的女朋友？我屏气凝神地偷听他的对话。

“是个出版社编辑，她说我性骚扰她。拜托，我们不过是一起喝过酒，我是对她表达过一些好感，我又没干吗！你问我有没有摸她？哎哟，不记得了啦，喝了酒谁会记得那么清楚？反正我没做任何逾矩的事。”

哇！真的是在讲我的女朋友。

我现在不只是脊背发凉，血液好像也跟着凉了，这个渣滓真的是……我气得发抖，握紧这辈子从无用武之地的拳头。

“崔律师，你知道的，我可是朴民宰，我怎么可能做性骚扰那种下流的事？我哪里需要做那种事？我是怕她瞎说，招惹麻烦……什么？可以那样吗？不，先警告她不要惹是生非，出版社当然是支持我的，他们靠我的书赚了不少钱。”

我的预感命中了，比起她，出版社更支持他。虽说人情世事无可厚非，但改变不了他的行径卑鄙无耻的事实。

“我知道了，万一出了事，你帮我一把。找时间我们再喝一杯。”

他挂掉了电话后继续抽烟，或许是因为焦虑之故，他烟抽得很快，没两下就把抽完的烟头扔在地上。他一把年纪却没有啤酒肚，身材看起来很结实，我猜是因为必须四处演讲和上电视，所以好好在管理身材吧。

“不好意思。”

“什么？”

我走向他，而他转身看向我，不久前还压低声音在电话里算计人的这个人，脸上不知何时换成了淡淡的笑容。这个油头粉面的家伙。

“那个……”

一想到他对她不怀好意，虎视眈眈，我根本懒得跟他说话，甚至想先暴打他一顿，但不知怎么的，当我和他四目相对，我全身紧绷、僵硬。我的确说了我想打他，但我又不是把打人当家常便饭的那种人，再说了，人怎么可以打人呢……我握紧了背包，想借此获得勇气。

在我开口前，他先发制人说：“啊，我是朴民宰没错，如果是平时，我一定会替您签名，不过我今天有点忙。先生，抱歉了。”

我还来不及反应，他立即坐上了停在大楼旁的玛莎拉蒂！哇，他那副鬼德行还开玛莎拉蒂？

“我不想要签名！喂！”

我后知后觉地叫他，车内的他朝我虚伪地点点头，随即开车呼啸而去。

真是的！签名？我没看过你任何一本书好吗？

我居然就这样被他抛下，太侮辱人了，那个折磨她的家伙在我眼前明目张胆地辱骂她，而我只是傻在一旁。我努力保持镇定，无视自己的羞耻感，决心将这次见面变成我带进棺材的秘密。

在我拿出电话打给她时看见了走出大楼的她，和她四目相觑。

“你怎么在这里？”

“当然是担心你才来的！”我挥了挥手机，她才恍然大悟从口袋中掏出手机。

“啊，今天一直没空确认手机……你什么时候来的？等很久了吗？”

我稍稍冷静后回答她：“没有，我刚到，正要去那边的咖啡厅等你。”

“啊……”

“你还好吗？事情怎么样了？你没接我电话……”

她因为我的追问露出了复杂的表情，嘴唇微动。

此时，一阵“乒乒乒”的高跟鞋声在她身后传来——那来自一位身材苗条，穿着套装和高跟鞋，个子娇小的女性。她回头和那位女性对眼问好，那位女性接受她的问候后直勾勾地盯着我，上下打量，什么话都没说，离去。我的直觉告诉我那位女性就是她的组长。

“她就是组长吗？”

她有气无力地点头，我强忍冒到嘴边的脏话，告诫自己绝不可轻率发言。

“你们两个的气氛好凝重？”

我尽可能表现得泰然自若，她叹着气拉走我。

因为她没胃口，所以我们进了一家咖啡厅，饥肠辘辘的我点了一份三明治。其实看着那些为马卡龙疯狂的排队者，我也一度心生冲动想买来吃，但最后忍住了。

“我早上上班就和组长说我没办法负责这次的工作，组长非常惊讶。”

我一边听她说事情的来龙去脉，一边在脑海中描绘刚才那位组长和她相对而坐的情景：

“组长，我好像没办法负责朴作家这次的作品。”

“为什么突然没办法负责？”

她的心脏扑通乱跳，但不改坚定地说下去：“其实和他独处，我很不自在。”

“那是什么意思？”

“我被他性骚扰过。”

“什么？”

“当初就应该告诉您，不过……”

“你在胡说八道什么？”

那一刻，组长的反应和她预期的有些出入。

“为什么要生气？”

“你，听到传闻了吧，所以才这样子的吗？”

“什么？”

“从我的嘴巴说出来有点不太好，但公司里大家都在说你勾引朴作家，你不知道吗？”

她想都没想过会发生这种事情，顿时精神变得恍惚。

“我第一次听到。”

组长察觉到她的情绪波动，于是假装冷静客观地发言：“实际情况是有点微妙。卖力工作的前辈们被年轻的后辈抢先拿下大案子……在这个圈子内没有不出现谣言的道理。”

一时间难以呼吸的她缓缓地调整呼吸后开口解

释："组长，那些都是无凭无据的诬陷。我刚进出版社的时候，每次都被派去支援作家的活动；活动后他约我喝酒，灌我酒，说一些奇怪的话，对我动手动脚，我独自撑过这一切。幸好宣虎进了公司，我才不用再和作家单独相处。他忽然指名我负责他下一部作品，老实说，这份工作我一点都不想接。我实在太害怕了，所以才来告诉组长这些事。"

"……"

沉默不语的组长让人猜不透心思。

她观察着组长神色，胆怯地问："组长？"

"你不想喝就不要去，负责作家这么累的话应该早点告诉我才对。"

组长的话让她一阵厌烦，想辞职的念头更加强烈了。她忍住叹气的欲望，打起精神回答："作家一天到晚拿有新的点子当借口，我能怎么办？我很清楚那位作家对我们出版社的重要性，所以才开不了口，我也觉得很累。"

组长摆出一副爱听不听的样子，歪头道："朴作家性骚扰你？他不是那种人……"

她晚一步意识到，在这场对话中的组长始终都双手环胸，也就是说，组长一直和她保持距离，散发出拒绝帮助的信息。

“你敢当着作家的面说这些话吗？”组长恶狠狠地盯着她。

她毫不犹豫地答道：“敢。”

“那就三方对谈吧，这不是听你单方面说辞就能下判断的问题。”

“好，就这样办吧。反正作家约我今晚见面，请他过来公司就行了。”

这次轮到组长慌张，但话已出口，覆水难收，而且她还摆出一副绝不让步的模样。

几小时后，她、作家和组长坐在同一张桌前，进行三方对谈。

我真心佩服她。我回想起自己明知对方是个龌龊无耻之徒，和他正面交锋时仍不免紧张，她却不因对方拥有的名声、金钱、权力和豪华名车而退缩，无惧直面那张油头粉面的脸，一五一十地说出真相——“你性骚扰了我，你必须向我道歉。”

然而，后续发展如预期般令人遗憾。

当然，那个朴作家气得跳脚，狡辩称那些暧昧的肢体接触和淫言秽语源于自己喜欢和每个编辑交朋友的个性，只是在气氛不错的场合下做出的友好行为，甚至反问她是不是有被害妄想症。最后朴作家自以为帅气地做出结论：把他人的好意视为恶意，我不和狼心狗肺、忘恩负义的人合作。

“组长要我对那混账致上真心歉意。拜托，要道歉的人是他。”

“太过分了……”

“我太生气了，真想把事情曝光在推特上……”

这句话使我想起早前那混账作家打电话的模样。对方已有防备，抢先联络律师，大聊诬告话题。她斗得过他吗？气归气，现实是冷酷无情的。

“我太委屈了，做坏事的明明是那个家伙。”

“是这样没错……”

“不过如果我和他真的开战，肯定会是一场漫长又辛苦的战争。组长不相信我，出版社的人也认为我靠卖弄姿色上位。大众会相信我吗？会不会最后遍体鳞伤的只有我？”

我不确定在这种情形下，是否给予女友否定答案和无条件支持才算得上是一个好男友，不过我也说不出那种话，只好巧妙地转移了方向：

“你们组长太过分了，同样身为女性，你不觉得她太过分了吗？不但不维护自己的下属还……”我越想越觉得那个组长可恶，差点骂脏话。她却说：“我的确也因为组长的态度感到难过，但追根究底，最坏的还是那个混账作家。”

“是因为你的工作能力太出色，所以大家才都嫉妒你。”

“想到那个烂人吃好睡好，过着天下太平的日子，我就火大。要是他的魔爪伸到其他女性身上怎么办？这件事不是我辞职就能落幕的。”

“算了啦，你没必要想这么远，连那些都扛到自己肩膀上。我不希望你受伤，毕竟对方是个名作家……”

“我真的不知道怎么做才好。”

我何尝不是呢，怎么做才是正确的？真够郁闷的。

“组长已经表态站在那家伙那边，接下来她会不会要你辞职？”

“她当然不会直说，无所谓，我本来就做不下去，组长和同事都不相信我，加上那家伙时不时会进出出版社，我怎么可能继续待下去？”

“说穿了就是不当解雇吧？可以向劳动厅举报这些混账。”

“对，要不要真的这么干？”她眼神忽然亮了起来，认真考虑起我的提议。

我想起她的行动力远超于我，必须字斟句酌、谨慎发言才行，我连忙放低声音说：“就算去举报也是一场苦战，因为你得一一举证才行，特别是牵涉到名人的举报，事情一定会闹大。”

“嗯……是吗？”

“十有八九会吧。”

我假装喃喃自语，思索着举报的可能性，一边观察她。

“就算如此，我还是不能让步。”

“什么？”

“我一定要拿到失业津贴，不拿到不罢休。”

失业津贴？她会提到失业津贴代表事情没有我想的严重？其实我很担心她跑去警局告发。为了她好，即便她再怎么委屈，即便那个作家的确是个混账，我却一直盘算着如何阻止事态扩大到不可收拾。

“大部分出版业人士都是自由工作者吗？”

“有些是，我也想过离职，自己独立创业……”

“是吧，那既然事情走到这个地步，你就不要恋战，这只会让自己更累。”

她因我的话神色变得黯淡。

“现在只要考虑你自己就好了，你是第一优先。”

“我要让那个混账受到惩罚。我是遭遇这些事件的受害者，却不鼓起勇气、宁愿沉默的话，我会对自己很失望……”

“不是那样的，不是你想的那样。自保是人之常情。”我竭尽全力，一脸真诚地说，但她低头避开我的目光。

“我真的，不知道怎么办……”

“你先离职，等到心情冷静下来，再去做你想做的事。钱我会负责，好吗？”

“你在说什么？我自己在赚钱。”

“我知道你在赚钱。我的意思是你可以依赖我，有男朋友的好处是什么？”这句台词真是帅翻了。我享受着这句话的余韵，她双眼圆睁，反问道：“是什么?”

“你真是的，有必要明知故问吗?”

她的嘴角因我们像傻瓜一样的斗嘴浮上一丝微笑。

“总之，我知道了。谢谢你，多亏有你，我有了力气。”

我竟有幸等到她说这种话的这天。这一刻我强忍住感动的泪水，几经周折得以复合的她一天到晚和我吵架、对我发脾气、责备我，而我成为她的依靠的一天终于来临！自从和古怪的女友交往，过去这种理所当然的话如今也能让我感激涕零。

“像今天这样的日子搭出租车回家吧。男友我出钱，上车。”

她看着装腔作势的我“咯咯”地笑，温顺地上了出租车，接着我也上了车，坐在她身旁。

一路上，我紧握住她的手，她有气无力地低语：“我最讨厌的事情是什么呢？我真的很怪吗？每个人都说那位作家不是会做那种事的人，那真的是我不正常吗？才不是这样的吧。我真的超级反感、超级痛恨职场性骚扰。”

“不，你不怪，你很正常。”

我心疼地握紧她的手，她埋首在我的肩膀上。她该不会哭了吧？我的肩膀好像湿湿的。看到她不同往常的柔弱面貌，我一方面受到很大的冲击，也很难过；另一方面，我的心情却莫名地转好——过往滴水不漏、无懈可击的她正依靠着我。

我不曾想过逆转局势的机会是以这种方式到来，就某种意义来说，这是上天赐给我的大好机会。当然，能不发生这种事会更好，不过事已至此，陪在她身边的是我。我们是携手克服逆境的爱侣，我给予她力量，让她清楚认知到有男友的好处，以及稳定伴侣的价值。

出租车停在她家门口，下车的她却往反方向走去。

“你要去哪里？”

“我要买酒回家，不喝酒睡不着。”

“你昨晚喝很多了！”

“你愿意陪我喝就一起喝，不然就回你家去。”

恢复本色的她无视我的话，径自朝超市走去。在超市里，她提起篮子大动作地搜集各种大容量的酒。

“喂，你把这些喝光了会死的！”吃惊的我连忙阻止她，但她不服输地回嘴说：“这些算什么，再说我又没打算今天全喝光！”

在我们争论的同时，她提着篮子到柜台结账。真是的，她以为那些是水果酒吗？我从她身后无言地注视一切，她若无其事地提起沉甸甸的塑料袋走回家，但她有气无力地提着沉重的酒的样子看起来非常危险，最终我伸出了手。

“明明就很重，我来拿，给我。”

“不用了，我力气很大好不好！”她逞强着不肯放手。

“好，你要提就提！”

我乐得轻松好吗！她当成没听出我的讽刺，一路吃力地提着酒回家。

我在她的卧室里打开了折叠桌，接着一屁股坐到地上。她从厨房拿来两个空酒杯。烧酒和下酒零食就是全部。

“没有别的吃的吗？要有一些下酒菜配酒才不伤胃……”

“没有。想吃你自己做。我现在非常生气，要马上开喝，才没那个闲工夫做下酒菜。”

“我是怕你伤胃才这样说，我怎么可能会做下酒菜。我们要不要叫外卖？”

她笑嘻嘻地说：“你还有哪些不会做的？你是不是很怕进厨房啊？那些讥讽下厨男人的话不过是出于愚昧。”

“喂，我说过我不下厨是因为怕那个吗？”我回嘴防御她兴奋的攻势。

她睁大圆眼说：“那你在美国吃什么？你没有在家自己做饭吃吗？”

“没有，我在那里……要不吃公司餐厅，要不在外面吃。适应环境就够累的了，哪儿有心情下厨？美国食材和韩国不一样，连白米都长得不一样好吗？”

“啊，原来是因为食材不一样……”

她充满怀疑、没诚意地点头，我被她气到一口干了烧酒，她也跟着干杯。

“你喝慢一点。”

我一说完她又马上干了一杯。是暗示我闭嘴吗？唉，不管了。我跟着她一杯接一杯地喝。

大概过了几小时吧？睡着的我猛然清醒。我转头一看她居然靠着墙上睡死过去，桌上和地上全都是我们喝光的烧酒瓶。我按了按疼痛的太阳穴，忽然啪的一声，她倒地，发出呻吟。

“呃呃……”

我强忍不适，费了九牛二虎之力把她搬上床，此时此刻她的床显得过高，没事干吗买这么高的床？电影里的杀人魔都是躲在这种床的下面。兵荒马乱之际，我瞥见了她的“秘密篮子”和粉红色自慰用品。

把她搬到床上花了我不少力气，酒气上涌以至于眩晕的我跟着躺平在她身边，我扭头凝视醉得不省人事的她。该死，明天还得上班，现在几点了？与此同时，她的眼睛微微张开一条缝隙。该说她面无表情的脸上隐约带着凄婉吗？总之有点性感。

她向我伸手，我挪动上半身抱住她。一个充满烧酒气味的吻。不知道是不是因为她太醉，她的吻比往常更着急、更深入。急促的呼吸、交缠的舌头、混在一起的口水，我的手自然而然地伸向她的胸口。她扭动身躯脱下T恤的动作打开了我的兴奋开关，我摸索着，想脱去身上令人发闷的衬衫，她伸手解开了我的衬衫纽扣，而我的手点燃了她的欲火。

在黑暗中，我抚摸着她白皙晶莹的柔嫩肌肤，激烈的热吻前戏后，我的手慢慢地往下摸索，想脱去她的裤子和内裤。

这时我才发现她在哭泣。

起先我不知道那是哭泣，误以为是她激情高涨的呻吟，我吃惊地停下动作看向她。

“你还好吗？为什么哭了？”

她一言不发地伸手擦泪，而啜泣声持续着。

与其说是啜泣声，她的声音更接近忍耐某些事情的声音。我坐在她脚边，原本火热的身体慢慢冷却。

不久前我们才热情拥吻对方，而我却猜不透她此刻的眼泪和心情，这样的她使我感到陌生，仿佛她突然远离了我。我的视线飘向了她床边隐隐发光的数位时钟，不知不觉，已经凌晨三点半。

明天直接从这里去上班没关系吗？现实感悄悄回到我脑海。

我待在她身旁一阵子才躺到她身边。我温柔地伸出左手，并且感觉到她用力握住我的手。

“你还好吗？”我问。

她用手臂遮住了哭泣的脸，缓缓摇头。

“好。你想哭就尽情哭，没关系。”

她没反应。

“我……要不要回家？你想一个人独处吗？”

她再次缓缓摇头，样子有点滑稽，不过我放了心。

“那我睡醒再走？”我温柔地问。

她用不像她的微弱声音回答：“不知道，我不知道。”

她的呼吸慢慢地变得和缓，带着未干的泪痕睡去，我躺在她身边，醉意似乎再次涌上，我听着她低沉的呼吸声跟着睡了。

第二天，我请了上午半天假，而她请了年假。下午，我硬是拖着沉重的身躯到公司补满工时后才回家，在客厅看电视的老妈一脸阴险又喜悦的表情冲着我笑。

躺在床上的我咀嚼老妈表情的个中真意，迟来地醒悟自己昨夜外宿的事实，而且老妈知道我有女朋友。这么看来，我喜欢幻想美好未来的个性似乎是家族遗传。

几天后，她离职了，也顺利拿到了离职金，不过没拿到她期待的失业津贴。听她说要是想领失业津贴，必须同意日后不能泄露她和那位作家之间发生的事，这岂不是耍流氓，天底下怎么会有那种人渣?

而她果然很敢做自己，换成是我，肯定会随口敷衍答应，先拿到失业津贴再说，但她一口回绝，索性不领津贴。老实说她坚持原则的个性有点帅，我却为此更加郁闷。固守正义原则带来的结果是什么?她拿不到几毛钱，也化解不了她内心的委屈。人善被人欺说的就是这种情况。

世态可悲，她毫无心理准备地遭遇了不合理的职权欺压。在我眼里，她就像是颗定时炸弹，我担心她情绪大爆发，做出冲动行为，于是时不时念叨她："你避开这一切是因为这些都太过肮脏，而不是因为害怕。"

生活在这个世界上，以她的个性，日后必然有很多要忍耐的事，幸好我的担忧是多余的，这时的她已经疲惫得没力气做出其他激烈行为。

为了让她打起精神，周末约会我安排了她喜欢的梨泰院手工汉堡店行程。面对喜爱的汉堡，她仍然无精打采，有一搭没一搭地吃着。

“怎么样，要不要去旅行，转换一下心情？”

我心疼地提出旅行建议，她只是摇头。

“现在不是去旅行的时候，我要制订未来计划，还要重新看一下项目方案……”

“好，那你需要帮忙的时候随时告诉我，知道吗？约会费用暂时让我付。”我开玩笑地拍拍胸膛。

哇，有我这种男朋友，她肯定觉得很有安全感。

“不了，我有钱。我会努力赚钱养自己。我是做好心理准备后才辞职的。”

一眨眼的工夫，我的自我陶醉就被她的淡然打断。

“你跟你妈说了吗？”

“还没，以后再慢慢告诉她。我的事我会自己看着办。”

“嗯嗯，好。”

她说得没错，不过听到她没和家人商量就辞职，我多少有点被吓到。换作是我，辞职这种大事一定会和爸妈商量后再做决定，如此想来，不知道她妈对于女儿是女性主义者兼不婚主义者做何感想？她妈应该完全不知道女儿床底下有可爱的自慰用品吧？

我的机会

不知不觉已经到了初冬。

她说辞职后想维持过去上下班的生活模式，所以她会按时起床，下午奔走在各家书店为方案忙碌。其间，她也不忘确认每天的新闻报道和示威集会的日程，而我照常上下班。

这个周末天气转暖，雾霾却不出所料地变得严重，我们一起去了许久没去的电影院。虽然我爱看电影，但我进电影院的频率不算高，除了漫威电影和克里斯多弗·诺兰导演的电影必看之外，我顶多看看时下热门的一些电影。

今天的电影是她邀我看的，我没多想就答应了，所以也没做事前功课，对电影内容一无所知。当她去取票的时候，我才第一次看到电影海报。在电影开始前，由于主角是我平日就觉得很漂亮的女演员，因此我怀着大饱眼福的期待准备观影，但那位女演员在电影里的角色有别于她过去在电视剧里的清纯模样，竟然抽烟、骂脏话样样都来，我饱受惊吓。

那位女演员的前后形象之不符，如同我记忆中四年前的她和现在的她之落差，这年头流行这种强势又剽悍的女性形象吗？仔细想想，我上学的时候，根本没听过什么“激进女性主义者”。女性主义者应该是这几年才出现的吧？她们到底为什么会变成这样？

以前人们说：“大酱女[1]、泡菜女[2]是问题。”过去那些文静、善良又美丽的女人究竟为什么变成这样？过去的男人和现在的男人差不多，没有任何改变啊……种种念头纷至沓来，导致我无法专注看电影。在我胡思乱想之际，电影落幕。

电影散场出来，她的眼眶泛红，我吃惊地替她擦泪，因为看电影的时候，我并没有发现身旁的她

1 大酱女：指称爱慕虚荣的女人。

2 泡菜女：指称爱慕虚荣又无知的女人。

在哭。

“你看哭了？”

“嗯，一点点……”

这部电影有这么悲伤吗？啊，是有无辜的孩子遭到家暴的悲情情节。

看来电影的后劲很大，她久久无法自拔，低语答道：“这部电影在谈女性议题，所以我很喜欢，希望他们两个以后能过着幸福的日子。”

女性……电影？我一脸呆滞，明显在状况外。

她耸耸肩说：“去吃饭吧。”

我们到了传说中很好吃的乌冬面店，之前相亲时我就来过这儿。我对于刚才看的电影没有任何感想，所以只是安静地吃面。她认真地敲击手机屏幕，好像在写什么。

“你在干吗？”

“在推特发电影观后感，朋友一直‘艾特’我。”

“啊，推特……”

网络传言发祥地之一，女性主义者云集地——推特。我的心情像是印证了这个传言。

“推特上有很多女性主义者吗？”

她瞥了我一眼，堂堂正正地说：“是蛮多女性主义者的。”

“所以你的推特好友都是女性主义者？”

“嗯，是啊。”

她的回答像是这件事再平常不过，我想起以前看过“激进女性主义者”相关网络文章的关键词：“韩男”“6.9cm”“真够在基[1]的”……光想想我的脊背就发凉。

“我要不要也玩推特？”我开玩笑道。

“算了吧。”她大大摇头的反应挑起我的好奇心。

“不能让我看看你发了什么吗？”

“啊，算了吧。”

“为什么？你发文骂我了？还是发推特说我的男友是韩男？”

“才没有！我干吗发那些东西？”

我不过是开玩笑，她的反应却异常大。

1　在基：指成在基。成在基是韩国男性主义运动领导人之一，因为筹募男性主义运动资金而跳桥自杀，死后名字被引申用意，通常有自杀之意，而在基也变成女性主义者的敌人代称。

“怎么了吗？”

“什么怎么了，那是我的私生活。”

“哦……”

我歪头揣测着她不干脆的回答后的真相，正巧我们点的乌冬面送上桌，中断了这次对话。

难道是因为这家人气乌冬面店的面条好吃到不行，以至于吃着圆形长条“竹轮”的她看起来格外性感吗？我偷瞄她之际，像被雷击到般想起自己也还没告诉朋友们关于她的事。其实我不是忘了告诉朋友，是开不了口，难道她也是这样吗？

“喂，你觉得我很丢脸吗？丢脸到无法介绍给你那些女性主义者的朋友？”

“喀喀”，她咳了起来。这算什么？感觉一点都不像她，我的揣测变成了确信。

“哇，你真的太过分了！”

我的语气是开玩笑，心情却非常微妙。一直以来，我为自己的女朋友是个“激进女性主义者”而感到非常尴尬，我当然很难带她见朋友，可是我没想过相反的情况。我突如其来的攻击使她转为守势，她飞快地吃掉剩下的竹轮，咕噜咕噜喝光汤。

"那你呢？你告诉你朋友们了吗？"

"……告诉他们什么？"

"还能是什么？"

"……当然，说了。"

"少骗人！"

"我才没骗人！"

我尽可能保持平静地反驳她，不过得到的只是她的嗤鼻声。

"我还不了解你吗？这么明显的谎话。"

"我告诉过他们了！"

"物以类聚，你的朋友圈会是什么样的人，太明显了。他们肯定都是一些大企业社畜，一定和你想法差不多，你怎么可能告诉那些人你和'激进女性主义者'在交往？"

"那你的朋友们呢？你为什么说不出口？你和男人交往就是背叛女性主义吗？"

我们开始翻旧账，吵得不可开交，接着彼此赌气不说话。

"……先出去吧。"

"好。"

电影是她请的，所以乌冬面我请。一走出餐厅，她就拿出香烟，我一言不发地发呆等她抽完烟。

时间静静地流逝。老妈阴险的笑容、老爸的社交软件头像、畅销作家的玛莎拉蒂等，这些画面莫名地闪现在我的脑海中，又消逝无踪。

她熄掉香烟看向我："真搞笑，我们现在是怎样？"

"就是说啊。"我漫不经心地回应，"我们又不是罗密欧和朱丽叶。"

"噗哈哈，太夸张了啦。"

她爆笑出声，笑声感染了我，我也跟着笑起来。

"去喝个东西吧。"

我自然地向她伸出手，她抓住我的手。我们之间发生的一切到底是怎样？并肩牵手走着的我们依然找不到这个问题的答案。心情很好，也很闷。

夜色降临，我们喝完茶，吃完晚餐，自然地回到她家，躺在床上看Netflix剧集《纸牌屋》。随着剧情发展，剧中人物的惊人阴谋和事件不断地爆发，我却慢慢地愣神。

就在这时，电脑画面冷不防地停住了，画面清晰度变得奇差无比，接着屏幕自动转黑。

“咦……”

她惊讶地起身，试图长短交替按电源键，电脑毫无反应。她家没有电视，所以她主要是用电脑看电影和电视剧，偶尔处理公事。她的电脑是和我交往时买的，一台二十七寸屏幕一体式设计的电脑。买的时候它是最高级的型号，现在已经过时了。总之一台老旧的电脑出问题，绝对不好解决。

“你走开，我来看看。”

我上网搜寻解决方法，她慌乱地退去一边。我试着拔掉电源线，大概等了两分钟后再插上，然后按下电源键重启。OK，重新开机了，很好，在电脑进入操作系统前让它进入安全模式。

我对身后的她说：“啊，太好了，顺利进入安全模式了。”

她懂我在说什么吗？我摆出电脑专家维修时的严肃样，试图进入正常开机模式，事情却不如我预期的顺利，她的表情逐渐透出了绝望。

“啊，它不可以坏掉。我的笔记本电脑最近也怪怪的，如果连电脑都坏了……我在家就不能看Netflix了……”

“它过保修期了吗？”

“早就过了。就算能修，应该也没有适合的零件了吧？”

“官方维修中心可能没有，但私人修理店应该有。”

“送私人维修不知道会不会被坑钱，还有它很重，我要怎么扛去店里？”

“我会帮你送去维修，不用担心。”

“……”

“有两种办法，一个是去外面给人家修，一个就是你趁这次机会换电脑。”

她陷入思索。

“怎么办，这么大的屏幕应该很贵吧？”

“大概三四十万韩元吧。”

她烦恼了一阵子说：“那去外面给人家修？”

“好，店家明天应该会开门，我们再一起过去。不要太担心。”

“谢谢。偏偏在这个时候坏掉。”

突如其来的故障造成我们的慌乱，但我们比预想的更快找到解决方法。我自豪于自己在危急情况下展现出的理性模样。

接下来我们不知道该做什么好。原本用大屏幕舒舒服服地看电视剧，现在突然改用笔记本电脑或手机的小屏幕看，不是很不痛快吗？事已至此，我趁机营造气氛，整个人紧紧贴上去向她求爱，却被她冷淡拒绝。最后我们听着她的音乐软件里播放的音乐，各自玩了会儿手机，接了几次吻后睡去。

隔天，按照原定计划，我们应该把电脑送到最近的维修店维修，结果却起晚了。我周末习惯睡到下午，她那天特别疲惫，也晚起了。

上午十一点，我们睡得正熟时，一阵“哔哔哔哔”的机械音响起。

“什么声音？”

在我闭着眼呢喃，分不清是梦或是现实的时候，身边的她一下子坐起。

“咦，这是按大门密码的声音！”

她一脸慌张，只穿着内裤的我还搞不清楚状况，先穿上散落在身旁的衣服。在我穿衣服的时候，她小心翼翼地走向玄关。是只在新闻报道上看过的变态吗？还是专挑单身女子下手，破解女性家门锁的疯子？不对吧，现在又不是晚上，甚至是周末上午？这个变态或疯子未免太大胆了！总觉得有点怪……我努力压抑自己的胡思乱想，亦步亦趋地跟着她。

门外不停地传来“哔、哔、哔、哔”的按错密码的声音。看来是非常固执的家伙。我听说有些醉汉会把别人家当成自己家，死按密码想进去，现在就是这种情况吗？可是在这种时间？也是啦，搞不好是喝到今天早上。一直和父母同住的我第一次遇到这种情形，相当慌张，我要不要找个东西当武器？

不觉间，她已经靠近大门边，侧耳倾听门外动静。首先，她举止冷静，不毛躁，非常好。反正门外的人猜不出正确的密码，有可能就此离去，从此刻门外变得安静来看，我的想法是正确的。

就在这时，门外传来讲话声：

“哎，这丫头又换了密码。干吗不接电话？”

是女人的声音。

她睁大了眼睛：“姐？”

姐……该不会是，她的亲姐姐？！

我和她四目相对，偏偏她的说话声被听见了，门外那个被叫姐的人说话了：

“对，没错！是我，喂！开门！”

“怎么办！”我用嘴形问她。要躲进卫生间吗？万一她姐等一下想去卫生间怎么办？对了，我得先藏好鞋子，房里还有我脱下的衣服，我的脑子里同时间冒出好几个念头，进入待机状态，动作反而停了下来。

“干吗不开门！”门外的姐姐大喊。

“等，等一下！”

没时间了，得快点躲起来。我陷入慌乱。那一瞬间，她下定决心地抓起我的皮鞋。看到她的动作，我回过神接过皮鞋，打算躲进左手边的卫生间。

说时迟，那时快，“哔哔哔哔喀啦啦”，清爽的密码成功声响起。大门开了。

“咦咦？”

她和我同时发出惨叫。

“咦咦咦咦？”

破解大门密码的当事者也一样。砰的一声，大门在姐姐身后关上。我们三人尴尬地互看对方。

“你、你怎么打开的？”她问。

姐姐回答：“我试了几组你会用的密码！你会记得的数字又不多！”

平常的对话，但两姐妹的语气就像在互骂。

“就算这样，你怎么可以随便进别人的家！”

“你算什么别人啦！”

姐姐一句话无情碾压了她无力的抗议。姐姐上下打量我。

“哎哟，要死了，吓我一大跳，你是她男朋友？”

姐姐的眼神是看着我没错，不过语气却不像是个问句，我一时间不知该不该回答，只能咧嘴傻笑。

她替我回答：“不然还会是谁？”

“哎哟，你男友还算人模人样哦？”

姐姐掌握状况后，露出冷静的笑容与亲姐姐的身段。在此之前，她们两姐妹看起来一点都不像。她的姐姐个子比她矮，绑起的长发看起来比她女性化；虽然年纪比她大，但短款羽绒夹克配连衣裙与内搭裤的装扮，让姐姐看上去比她更年轻。姐姐娇小可爱的形象和她完全不像，在路上遇到也难以联想她们是亲姐妹。

不过她们笑起来的样子倒像是一个模子印出来的，而姐姐意味深长，仿佛在算计什么的语气更是与她如出一辙。

“哼，你干吗跑到这儿来啦？这么突然。”

她一顶嘴，姐姐立刻高举右手。

“这个。”

是一个用布包好的小菜保鲜盒。哇，姐姐会替她做小菜？她伸手抢过保鲜盒。

“行了吧？我会好好吃的。你可以走了。”

姐姐看起来不打算让步，问：“听说你辞职了？”

说着，姐姐开始脱掉她拉链式的黑色踝靴，表达了强烈的进屋意愿。

“我会自己看着办！我说你可以走了！”

她伸手想阻拦姐姐，但心有余而力不足。姐姐轻松打掉她的手，没头没脑地朝我展露亲切的笑颜。

“你好，我是她姐姐，第一次见面。哎哟，她真的太没礼貌了，家里有客人，我当然得好好打招呼后才能走。”

“是的，您好，很高兴见到你。”我不知所措地问候。

她瞪着我。不然呢？这种状况想要我怎么样！

“是不是怕别人不知道你是她男友，衣服品位还真特别。”姐姐喃喃自语，大步进屋。

她发出近似悲鸣的声音，跟着姐姐进屋。我正打算跟着进去时，玄关全身镜映照出我现在的模样，刚刚手忙脚乱套上的衣服上写着“好女人去天堂，坏女人想去哪就去哪”，我惊觉是她昨晚叫我睡觉穿得舒服一点才换上的这件衣服。啊，在第一次见面的女友姐姐面前我又不能脱掉上衣。

她和姐姐面对面坐在餐桌前。由于没有多余的椅子，我别扭地坐在小板凳上。

“为什么突然离职？”

“关你什么事？”

“怎么会不关我的事？搬出来住要付房租，你回家和妈住，还能帮妈分担家务，不是更好？”

“你少管我，我花的是我的钱。”

“你以后有什么计划？”

“我当然有计划，我会自己看着办！”

“啧啧，真不懂事。那个，怎么称呼你？”

“啊，我叫金胜俊。”

“好。胜俊，和她交往是不是很累？”

她因姐姐的话瞪着我，意思是：给我好好回答。

“啊，不会……”

姐姐突然抓住了我的手说：“那我就稍微放心了，看来她就是有恃无恐才辞职的吧？”

“什么叫有恃无恐？不要说一些奇怪的话！”

姐姐被她高亢愤怒的声音吓了一跳，却完美地无视了她的话。她已经够强势了，能压制她的人就是她的亲姐姐。我的老天爷，这家人果然都很强势。

“你们好像很亲密……”

姐姐眯眼露出意味深长的笑容。也是，周末早晨我用这副德行迎接女友姐姐。无可辩驳。我尴尬地打着哈哈。

“胜俊，你看起来不像轻浮的人，希望你能好好照顾我妹到最后。”

“啊，好的，我知道。”

对答之间，我和姐姐四目相对，我准确地接收了姐姐话中之意——“到最后”。也就是说，姐姐和我共享着同一个世界的价值观，不同于她。

“我妈本来就很担心她，又听说她忽然辞职，吓了一大跳。”

“伯母一定很吃惊吧。”

天啊，我居然不由自主地附和了姐姐的话，我感觉到她恶狠狠的目光。

“我和老公、孩子一起住，就在娘家附近。我们夫妻都要工作，孩子让我妈帮忙带，我们会付一些保姆费给我妈。”

“啊，是的，我们公司有很多女前辈也是这样。”

姐姐似乎被触动，哀伤地盯着我的眼睛说：“请不要太讨厌公司里的职业妈妈们，大家都是为了家庭生计不得不这样。”

我立刻打起十万分精神，得体应答：“当然，那是当然的。我怎么会讨厌她们……”

“总之今天是因为我妈说她和妹妹大吵一架，所以我临时过来，我原本不是那么不讲道理的人……”

“姐，你原本就是不讲道理的人！”她插嘴道。

但姐姐不理她，继续说：“凑巧碰到胜俊你，我妈知道以后就能放心一点了。母女之间没有隔夜仇，那些小菜也都是我妈要我送来给她的。”

我被亲情感动的同时，她还在独自生气。

“不要跟妈妈嚼舌根，知道吗？我郑重警告你。”

“她几年前就嚷着不结婚，要一辈子单身。鬼才相信那种话，她最好是能单身一辈子。她啊，你一定懂的。”

我双眼游移在两姐妹之间：姐姐神色平和，而她怒气冲天，我觉得我要精神分裂了。一般人很难当面说出这么戗的话，某种意义上来说，姐姐更强势。

“姐，你快点回家！恩秀在等你！快点！”她扯着大嗓门喊。

“知道了啦，你不赶我也会走。胜俊，遇到麻烦或烦恼随时都可以联络我。”

姐姐拿出一张名片递给我。不知道是因为我认定姐姐是可靠的盟友，或者是我预感未来真的会有事需要联络，总之我发挥体内的应变能力，突破她的阻挠，拿到了名片。我一眼就看到姐姐的名片上韩国最杰出的大企业的蓝色logo。

“总之你不要想一些有的没的，趁离职顺便嫁人吧。我走了。”

“你不准跟妈说我有男友！我真的会生气！”她扯着嗓子喊。

姐姐维持一贯的不为所动，走了。来时与去时都是如此潇洒写意。

门砰地关上，她气呼呼地说：“那个疯女人，怎么办？”

“再怎么样，你也不能说自己的姐姐是疯女人吧？而且你姐看起来人不错。”

“闭嘴！你不懂啦！”

老实说，去路边随便问人，她们两姐妹谁更像疯女人？答案不言自明。我在心底偷笑。

“妈照顾外孙累得半死，我实在看不过去。要是我继续住在老家，就要一起照顾小孩，一起分担家务。我是想过自己的生活才搬出来，我姐是因为对我妈很抱歉才对我这样！”

“你姐好像在大企业上班？”

“嗯，她和我完全相反。”

“确实相反。”

“一大早乱七八糟的，讨厌死了，心情够糟糕的。”

她来回在屋里踱步，一副要在家里撒盐驱煞的气势，然后瞪着我说："以防万一，我先声明，你不要瞎想。"

"瞎想什么？"

我很清楚她说的是什么，但我选择先装傻。

"顺便嫁人那句话……大家都是女人，她怎么可以说出这种话？"

相较于她明显的怒气，我显得不以为意，冷静地反驳："不管怎样，她是你姐，难道会害你？她会那样说都是出自对你的担心。"

"真的担心我就少在那边啰唆，直接给我钱！"

"你姐是已婚人士，很清楚结婚后好处多多。"

"够了……真是的，把你刚才收下的名片交出来。"

我的手不由自主地握紧了名片："……为什么？你想干吗？"

"我要你交出来就交出来！谁知道你们两个会不会串通一气？我绝对不容许这种事发生。"

"名片是你姐给我的，你凭什么抢走！"

"你看你，你是不是真的想联络她！少做梦，交出来！”

她看出我的犹豫，迅速把手伸向名片。啊，我真希望手上有眼睛，早知道名片会被夺走，我就先背下她姐的手机号码。

我的反抗终归没有意义，她卑鄙地攻击我的弱点——胳肢窝，像是撬开紧闭的蛤蛎一样撬开了我的拳头。姐姐的名片在她手中碎成一片片，她甚至担心丢垃圾桶会被我捡回来拼凑起来，缜密地把碎片尽数冲进了马桶里。

媲美千军万马般的我的援军联络方式就这样没了，我哀痛欲绝。有没有方法让我再次打听到姐姐的联络方式？

另一方面，我很高兴知道了她周遭亲友的想法和我相仿，竟然会说“趁着离职顺便嫁人”，真是大快我心，我想得果然没错，她离职是我的大好机会。

我们轮流洗澡，做外出准备。

我用稀松平常的语气喃喃自语：“其实女人一辈子单身会遇到很多困难，说真的，刚才不知道谁在按密码锁，很害怕吧？我一个大男人都觉得可怕。”

“……”

"幸亏是姐姐，万一真的是奇怪的家伙怎么办?"

在我一个人自言自语的时候，她严肃地盯着手机拨出电话。

"您好，请问今天营业吗? 我想请问修电脑的事情。是的。是老款电脑。"

我看着她打电话，然后泰然自若地挂掉电话，对我说:"我打电话问了，新村那边有个不错的维修店，现在营业，我们去看看吧。"她好像已经摆脱了姐姐来访的后遗症。

而自从见过她姐，我的心情变得很从容，所以大发善心地称赞她:"好。做得好。有手套吗?"

"啊，我没有棉手套。"

"不是棉手套也没关系，随便什么都行，只要是手套就好。"

我一说完，她蹲在衣柜翻东翻西好一阵子，最后拿出一双颜色俏丽的针织手套。我正想接过手套，她忽然抓紧了它。

"怎么了?"

她戴上手套，没头没脑地说:"我来扛。"

"什么? 喂，电脑很重。"

但我已经来不及阻止她，她两手抱起书桌上沉重的一体机屏幕。搞什么鬼？她好像很爱在我面前炫耀她的“女力”。

“嘿！”只见她丹田用力，顺利抱起屏幕，问题是除了过重，二十七英寸的电脑屏幕体积相当庞大，身高一米六的她得用吃奶的力气抬高下巴，才有可能看见前方的路。说实在的，她这种状态，不要说搭出租车到新村，连走出家门都是个问题，然而她不屈不挠地继续挑战。

“喂，你会受伤的！”

“不会，我没关系。”

话虽如此，她逐渐涨红的脸和颤抖的手臂一点都不像没关系，我连忙抢走电脑。

“你干吗？我都说没关系了！”

她一反常态地虚张声势，但一脸“太好了”的表情却有点滑稽。才一下子，她已经满身大汗。我把电脑放回桌上，脱下她手上的手套，戴到自己手上，接着轻松地抱起电脑。

“走吧，开门。”

她装出无可奈何的样子走到玄关开门，我抱着电脑走出大门。男人天生比女人力气大是客观事实，她能怎么办？她似乎没认清这个事实，一脸愤愤不平。真的太奇怪了，有必要这样吗？高高兴兴接受既定事实，承认自己有个力气大的男朋友不就得了？

我们告知出租车司机维修店的地址后，约莫二十分钟的车程便抵达目的地。一名十几岁的少年出来承接送修的电脑，这让我觉得有些神奇，幸好没多久，另一个和那个少年长得一模一样的中年老板出现了。老板表示很久没看到这种旧型号，他试图开机，但东弄西弄，五分钟不到就做出判断：

“这台电脑得换显卡和中央处理器才行。”

“要多少钱？”她小心翼翼地问。

“包含零件费用，得付五十万。”

比预想价格来得贵，我暗中观察她的神情，她的表情有点僵硬。

“这次修好能再用多久？”

言下之意是她正犹豫要不要修。

“大概能再用一两年吧，付现可以便宜你们五万。”

老江湖就是不一样，马上看出我们因为价钱而犹豫，追加折扣。

“啊，现金……不用了，我刷卡。替我分期……”她犹豫了一下，最后打定主意说。

也是，她才刚辞职，临时要支付一大笔钱，的确是不小的负担。该是我出场的时候了。

“算了啦。钱我借你，你付现吧。要修几天？”

“三天后来拿。”

老板似乎就等我这句话，以迅雷不及掩耳的速度拿出一份简易的维修单。

“欸，算了啦，你干吗这样……”

我不顾她的抗议，摆出阔绰豪气的姿态，挥手表示没关系，就这样决定了。

最后，她半推半就地看完维修单内容，填写地址和联络方式。

老板可能是因为周末成交了一笔生意，心情大好，所以对她说：“小姐，脾气不要这么硬，跟男朋友撒个娇说‘你帮我出钱吧’。”

“什么？！”

她愤怒的开关似乎被打开了，我连忙递出填好的维修单，并且抓住她对老板说："谢谢，我们三天后来拿。"

不出所料，我们一出店家，她立刻高声咆哮："所以说你干吗多管闲事？"

我早有准备，冷静应对："先享受付现优惠，你再分期还我钱不就得了。省钱不好吗？"

"那个老板真可笑，撒什么娇，真是的……"

"人家的意思是你很可爱，有撒娇的本钱好不好。"

"闪一边去，烦死了。"

唉，我有点伤心，她干吗对我发飙，那些话是我说的吗？幸好我和她交往久了，抗压能力日益提升。

"怎么了啦？人家那样说又没恶意。"

"有没有恶意很重要吗？"

"好了，不要说了。老板几十岁了，怎么可能一夕之间改变他的价值观？请我吃饭，我刚刚费了力气，饿了。"

我拖着情绪激动的她，开启大脑内嵌的导航系统，走向附近的美食餐厅。她一边碎碎念一边乖乖地跟我走。

噢，我总算找到控制她的方法了?

本性善良如她，只要掌握制敌要点就能轻易摆平她。多亏她姐亲身示范，我受益良多。三天后电脑修好，我再去帮忙取货付款，要她分期还钱就好。多么加分的行为。她应该会对我既感激又抱歉吧。再说，在经历辞职事件后，她又岂能无视我给她的依靠。

我不再是过去的金胜俊。回顾这段时间我的孬样，我自己都觉得可怜。

我不自觉地嘻嘻笑着，坐在对面吃饭的她没好气地问:“你在想什么?”

我极力控制急剧僵硬的脸部神经，镇定地继续吃饭。

一切按计划进行

不久前，我见到她前公司的一些同事。虽说我们的感情有了新进展，在同事面前公开了关系……其实过程有些措手不及。

公开的决定性契机如下：那天她说要和朋友们去喝酒，结果过了凌晨一点还没回家，我紧张得每隔半小时联络她一次，她却不以为意地说："不用担心我，你先睡吧。你明天不是要上班吗？我喝完自己会回家。"

喝完酒当然要回家，不然能去哪儿？她是年过三十的成年人，酒量远胜于我，除了因辞职而心累的那阵子，我从没见她喝醉过。再加上按逻辑来说，我本来就没有强迫她回家的权利，但在现实世界中这套逻辑不管用。

有一个凌驾于万般逻辑之上的魔法逻辑——我是她男朋友。所以，我拥有关心与劝告她回家的义务和权利。明知有个混账畅销作家妄想老牛吃嫩草，我怎么可能不管喝到凌晨还不回家的女友，自己先去睡？我死撑眼皮玩手机，当我正在想全世界有多少男朋友在这种状况下还能安然入睡时，我的女朋友恰好发消息来，上边无忧无虑地写着：

你该不会是因为我睡不着吧？

我就是因为你睡不着！可是这样回答未免太不帅气，而且显得她很潇洒，我只能这样回她：

当然不是。
我只是单纯失眠罢了。
你回家记得发消息告诉我。

那天晚上，不夸张地说，“回家发消息给我”这句话我起码说了十次吧。“差不多该回家了吧”“再一下应该会回家了吧”。我把朋友推荐的YouTube视频全部看完，觉得这样下去真的不行，又打给她。那时约莫凌晨一点半。

“喂？”话筒另一端传来了轻快的音乐声。

我心中大吼“现在都几点了？”不过为了维持平常心，我努力抑制激动的语气。

“还在喝？”

“嗯。”

“你朋友他们明天不上班吗？”

“大家都辞职了，全都是自由工作者。”

哈，讨人厌的自由工作者。所以说人就是应该要按时上下班，规律生活才是正经。

“时间太晚了，我很担心……”

“我都说不用担心了，我一点都没醉。”

对，她不把我的担心当一回事，这就是我们之间的问题所在。这时，我听见话筒传来陌生的声音：

“她跟谁打电话？”

“应该是男朋友吧。”

“男朋友吗？”

有好几个人的声音，而且我清楚听见了其中夹杂男人的声音，我心中升起一把无名火。

“看来你们玩得很开心。”

“嗯，大家很久没见了。”

“要我去接你吗？我可以顺便和他们打招呼。”

“你现在要过来？这么突然？”

“因为有点晚了，我想去接你。”

“不用了，我真的没关系。你应该很累，干吗跑来……”

“告诉我地点，我马上过去。”

虽然是一时冲动，但她的不乐意反而加强我过去的决心。这时，话筒那头又传来声音：

“现在？他要来？你男朋友？”

“喂，那就让他过来吧。”

“对啊，顺便见一面。”

他们知道现在几点吗？我敢肯定他们都醉了。

“知道了，那我发地址给你。”

事情就是这样。所以我出发去见她和她的前同事们，在凌晨两点。

我搭着出租车到达闹市区尽头的一间小酒吧。

“哇，真的来了。”

"您好！"

"哦，你来啦？"

我，明天要上班的我，为了她才跑到这里，她却好像不怎么高兴。这让我有点泄气。幸好她的朋友们不像她，非常欢迎我的到来。

"是的，大家好。"

在场包括她在内，总共是四女一男。那个唯一的男性似乎特别欢迎我。五官立体，眼睛炯炯有神，高瘦身材，中分发型，有点日本人的感觉。我们用男人的方式握手招呼，互相打量对方，他突然向她称赞我：

"哇，这么晚还来接你，你男朋友很帅哦。"

"是吗？"

"当然了，要不是超级爱你，这么晚谁会来？"

"哦……"

那个男人的玩笑话让她歪头出神，不知道在想什么。我不知道对方说的是真是假，只能假装不好意思地笑。目前看来，这个男人还不错，暂且把他列入无威胁性清单上。

"一起喝一杯吧。"

他们是这家店的常客，和年轻老板混得很熟，即使过了营业时间也可以玩到想回家再回家。原来如此，这种店就是问题的元凶。

他们非常自在地把店当成自己的家，进柜台用笔记本电脑放歌，是我不知道的歌曲。轮到她放歌时，我内心隐约期待她能放我们以前一起看过的电影原声歌曲，她却放了我生平第一次听到的电子音乐。

这些人都是她在出版社认识的同事和前辈。她在公司熟人不多，由于大家都是不受拘束、自由自在的灵魂，所以相继离职。现在他们有的是自由编辑，有的是独立杂志发行人，也有的是设计师。整体而言，虽然离开出版社，但从事的新工作跟出版界都脱不了关系。

不知道是不是因为我们初次见面，他们一致地称赞她。

“她本来就聪明，工作能力强。”

“自己独立创业也没问题。”

“她有很多兴趣爱好，啊，不久前还跑了半马[1]，

1　跑半马：跑完一半的马拉松路程。

真的很厉害。”

我微笑点头，倾听大家对她的形容，而她没任何反应，只顾着吃下酒菜。我想引起她的注意，所以使出我在这种见女友朋友的场合的惯用招数问道：

“公司里是不是很多男人都对我女朋友有好感？”

“什么？好感吗？”

“对。追她的男人好像不少，谁叫她漂亮啊。”

“你在说什么？”

我是为了炒热朋友聚会的气氛才问的，她却不满地插嘴。

“怎么了？朋友聚会本来就会问这些，是吧？”

我寻求她的同事们的认同，坐在我身边的男人点头点得特别用力。

“是的，没错。”

“对，她很受男人欢迎。”

“够了。不要回答这种问题。”

她直截了当地结束话题，而这个话题的发起者——我本人陷入了危机。我用眼神传达出“她真可爱”“大家都知道她很害羞吧”的信息，幸好她的前同事们不但善良还会察言观色，大家配合着哈哈大笑，快速转移了话题。

我们大约喝了一小时的酒，不知不觉凌晨三点半了，涌上的浓浓睡意是提醒大家打道回府的信号。我还在考虑是不是该豪气地站出来表示这摊我请，所幸有人早一步出面，倡议大家平分账单。我暗呼庆幸，礼貌地目送其他人上出租车。

终于只剩我和她。

“叫出租车吧，我送你回去再回家。”

“干吗这么麻烦？而且出租车很贵。”

“我就是为了送你回家才来的。”

我忽视她的不乐意，快速拦下路过的出租车。她露出无法理解的表情，却也没辙地上了车。

“晚上出租车很贵，可以抵两顿饭钱。”

“没关系啦，今天是第一次。”

“什么？”

“我们交往以来，你没有这么晚回过家，所以今天由我送你回家。以后不要再玩到这么晚，知道吗？”

我尽量放轻语气温柔笑说，但她的眼睛睁得圆圆的。

“为什么？”

哈，又来了……

我发挥最大的耐性，一字一句清楚地说："因为我会担心。你没看到我就是因为担心才会这么晚还来接你回家吗？"

"你来了之后，不觉得自己在瞎担心吗？"

"老实说我担心的不是你。"

"那你担心什么？"

"我担心和你一起喝酒的男人、你走夜路不小心遇到的男人，或是搭车回家遇到差劲的出租车司机。我担心那些人。"

她的表情相当微妙，是吃惊又稍带喜悦的表情。

"是吧，所以大家都要变成女性主义者才行！只要我们改变这个世界，就不会有这些无谓的担心。"

听到这句话，我一点都高兴不起来——又是该死的理想主义者的不成熟发言，改变世界要改变到何时？这个世界有那么容易就能改变？我心情好的时候会想守护她的天真无邪，但此时此刻睡眠不足的我只想向她的天真挑衅。

"你不觉得你的想法很矛盾吗？你自己也担心走夜路，每天都说这个世界不适合女人生活，那你为什么要晚回家？明知道晚上危险就应该早点回家。”

我自认做出了一番逻辑性的言论，但她似乎不以为然。

“啊，照你这个逻辑，女人被强暴全怪她们自己晚回家咯？知道你现在在说什么吗？”

危险气息迎面而来，我决定先说出魔法咒语：“我不是那个意思。我会这样说是因为我是你男朋友啊。”

“……”

“我就是担心你，你要我怎么办？你不久前才刚发生不好的事。”

她蹙起眉头，我很抱歉让她想起不愉快的事，要是我开口之前能想到这一点就好了。

“你的意思是晚归可能又会让我遇到那种事，所以不能在外面喝太晚？啧，无缘无故地变成受害者，好委屈啊……”她回避我的视线，望着半空说。

我无话可说，忍耐着闭上眼，过一会儿才又睁开说：“你告诉前辈们了吗？他们应该问你辞职的理由了吧。”

她摇摇头。在这种情况下，我的心情似乎变好了，这是为什么？好像是因为她相信我多于那些前辈的关系，因为她愿意告诉我全部的事情。

“我就是这样才担心你。小心谨慎不是坏事。好，以后你想做什么就做什么，想喝酒就喝，想和朋友见面就见，但如果太晚，我还是会像今天一样去接你回家。”

“我就是怕我妈担心才搬出来住。我真的很讨厌被人管。”

“你不是被我管。你不懂我的心吗？”

其他女人一定超爱我这种行为，通常男友不去接晚回家的女友，就等着被女友抱怨挑剔，大吵一架，我尽全力挤出真心的表情看着她。奇怪的是，那一刻的她表情略显苦涩。她果然很善良。看到那副表情，我认为我的话生效了，放宽了心。

“老实说，我以为我今天过来你会感激我。”

“什么？想过来的人是你，我又没叫你过来。”她笑着，冷言还击。

“什么啊……对，你说的都对。”

“你自己一厢情愿跑来不说，还对我朋友说一些奇怪的话，打听我的过去。”

刚才她那副苦涩的表情不知道去了哪里，现在这样子更像她的风格。

“我怎么了？我们不是聊得很好吗？大家聊天都是这样开玩笑的。”

“一点都不好笑，好不好？”

“说你漂亮你也讨厌？是因为不好意思吗？”

说着说着，我突然玩心大发，用手肘顶了顶她的侧肋骨，她断然地推开我的手。

“到了。”

就在此时，出租车停在她家门口。她迅速地掏出信用卡付了出租车费。

“总之我知道你的心意了。我回去了。明天好好上班。司机师傅，请送他去坪村。”

她像唱饶舌一样飞快说完后下车。如果我下车送她到家门口，她一定会摆脸色给我看。尽管遗憾，她一下车，我累得靠在出租车后座，看着窗外掠过的首尔夜景，偷笑。

“总之我知道你的心意了……”

她的话不停地回荡在我耳边。以她的个性，是不可能忽视我的，她这么讨厌我去接她，以后一定会早回家。这是很明显的。

自那天之后，我暗暗期待着她的下一次喝酒聚会。不过那天后好像就没什么人约她喝酒。也是啦，仔细想想，在离职之前，她就很少参加那种聚会。我无法确认我的话是否生效，但我内心自认她一定把我的话听进去了，隐隐自豪。她讨厌乖乖听我的话也讨厌让自己不舒服，索性一开始就不要去喝酒。我确定她就是这样想的。

月历再撕一张纸就到了十二月。

现在的周末，在市区约会后，去她家看Netflix，滚床单，已经变成一套既定程序。当然，只有在没有示威的日子会这样，而之前我花力气搬去、用我借的钱修好的电脑至今仍好好运作着。每当我看到那台电脑，自豪的心情油然而生，努力压抑着想自卖自夸的心情。

我们一起看的政治剧终于大结局了，于是重新开始看她挑的新剧集。新剧也不是我喜欢的类型。一来里面太多同性恋相关的情节，二来我理解不了美式幽默，所以看剧的时候，我一再分心欣赏她的侧脸，趁她去卫生间的时候，查看我的手机消息，我注意到朋友聊天群的未读消息数字不断蹿升。

我很好奇是什么事，点进去一看，才发觉下个礼拜就是基贤婚礼，我本来以为还有一段时间。大家在讨论集合地点和送基贤的结婚礼物。一段对话快速飘过我眼前：

“胜俊会带伴吗？”

是东延问的。我当然是一个人去，所以打下了“我应该自己去吧”时，泰宇那小子先发制人：

“搞不好他会突然带伴？”

除了我，高中同学个个都是有妇之夫。我早已习惯被夹在成双成对的情侣里当电灯泡，不过泰宇那句话像在背后捅了我一刀，因此潜意识操纵我的手发出消息：

“对，我要带伴。”

“咦？是谁？

你有女友了？”

“嗯，其实……”

我刚打到这里，她正好从卫生间回来，坐回我身边。我稍微侧身不想让她看到手机画面，手指飞快回复：

“细节晚点跟你们说。”

发出这句后，我把手机关掉。朋友们肯定好奇得要死，但那不关我的事。深呼吸一两次后，我故作泰然地看着电视剧，趁机搂住她的肩。

“下周六我朋友结婚，要一起去吗？”

“什么？”

“一个叫基贤的朋友。四年前你应该见过一次，他要结婚了，朋友们都会携伴参加。”

她不声不响听我解释，然后转过头看我，我严肃的神情说明我没在开玩笑。最后她按下暂停键，电脑上正在播放的电视剧画面跟着停止。

“为什么这么突然要我去参加婚礼？”

“哪有突然？只是，我见过你同事，也想把你介绍给我朋友们认识。”

“省省吧，干吗这么麻烦？”

“怎么了？”

“你没关系吗？”

“你指什么？”

我不是不知道她说什么，只是一味地装傻。

我和她结伴出席婚礼，这件事宛如一场大冒险，但我觉得在这个时间点赌上胜负也不赖，或许这是一个大好机会，能把她的价值观更拉向我的。最重要的是，我想让她感受婚礼幸福的气氛。每个人看到盛装打扮、幸福吻着对方的新郎和新娘，都会认为人生中最帅气的事情就是结婚。婚礼是我们一辈子唯一一次当主角的日子，大家肯定都对那一天怀有梦想吧?

我以前也参加过婚礼，所以很清楚良才站前的结婚场地有多漂亮、多气派。加上准新郎基贤是天生的“恋爱高手”，那小子一定会向大家展示自己和未婚妻最幸福的模样。即便她是女性主义者，但我有女友这件事是一个铁铮铮的事实，而在我的朋友们面前，她一定会发挥最大限度的社交能力。借由夫妻和情侣同伴的场合，她会更清楚认识到我们两个是天生一对。再说了，在那群朋友中，我最帅……

“我可以去参加婚礼，不过你不会痴心妄想，以为我会突然化全妆穿礼服吧?”

“知道了，我没那样想过。”

“那我穿这件衣服去也可以吗?”她坏笑着拉了拉

身上的T恤。

我看到了T恤上熟悉的字句——“好女人去天堂，坏女人想去哪就去哪”。

“拜托只要不穿女性主义的T恤就行。只要不穿这种衣服，其他我都无所谓，好吗？”我恳切地拜托。

她笑嘻嘻地道：“知道了。好啊，不过……”

“……不过？”

“你必须答应我，下次和我穿情侣T恤！上次看你穿这件，颜色真的很适合你！”

“这件衣服你到底有几件？”

“三件。你会穿吧？”

我烦恼之余，打算先答应，日后要赖反悔就行了，于是我爽快点头。

“知道了。不过那天你得穿得平凡一点，知道吗？”

“什么是平凡？”

“不用盛装打扮也没关系，打扮得稍微符合礼仪。不是有那种衣服吗？女人们……啊，我不管啦！”

我试图委婉表达，但实在太难了。

“他在哪里结婚？”

“良才站前面，那里的喜酒很好吃。”

“是吗？好棒哦。”她戏谑地欢呼，然后又若无其事地看起电视剧。

婚礼话题到此结束。

几天后，我无可奈何地在聊天群里大致说明这段日子发生的事。尽管我极力美化，但朋友们依旧反应热烈。总结来说，那些家伙的反应大概是“天啊！”“厉害哦。”“怎么交往的？”“他果然是个疯子。”“太讨厌了吧？”“说什么韩男？”“甩了她！”“你是不是疯了？”另一方面，我的故事给生活平淡无味的他们增添了有趣的话题，尤其是在“激进女性主义者”变得社会化的当下，这件事充满了乐趣。起先大家努力想劝说我，认为我是被恶魔利用，后来风向急转为我是为了拯救被恶魔利用了灵魂的可怜女人。这些家伙的话题越来越歪，兴致越来越高昂。

到了这把年纪，除了人生第一次参加朋友的婚礼会有所期待之外，如今婚礼对我们来说只是无聊又麻烦的社交活动。多亏她，我和朋友日夜期盼基贤的婚礼到来，期待到几乎忘记了这场婚礼的主角其实是基贤夫妇。

在婚礼上

终于到了周末上午，基贤的婚礼当天。

我惴惴不安地开车到了她家门口。我担心我们约在婚礼礼堂前见，她穿着自以为稀松平常的“好女人去天堂，坏女人想去哪就去哪”T恤出现，我会无比尴尬。

我在你家门口。

我在我们约定好的时间发消息。我尽力沉住气不让自己好奇她的衣着打扮，但好奇心管得住就不叫好奇心了，我能怎么办？适逢严冬，外头刮着寒风，我毫不犹豫地穿上深色西装配毛呢大衣。为了增添休闲和随意感，我还刻意挑选了褐色。

不久后，我听见开门声，她出来了。她穿着一身灰色系衬衫配阔腿裤，外搭黑色针织衫，手上拿着一件深蓝色大衣，素净的脸庞没有刻意化妆，头发整齐别在耳后，活像个从漫画里走出来的美少女。

“哇，你比我还帅耶！”

我不禁感叹，她扑哧一笑。

“走吧。”

我并不是不想念A字裙和铅笔窄裙，但暂时先这样吧。我尽力逼自己这样想的同时，她上了车，我神情自若地递出一支全新的红色润唇膏。

“我最近嘴唇有点裂才买的，刚好买一送一，一个给你用。”

“哦，好。”

“可是我不知道这个擦起来是什么味道，你试一下看看。”我发动车子不经意地说。

“什么？哦。”

她没有对我的话有任何起疑，撕开润唇膏的包装，涂完后抿了抿唇。

“闻起来还不错。”

“哦，是吗？”

“嗯。”

我笑了，余光所及是她散发自然红光的嘴唇。其实那是一支兼具口红功能的润唇膏！她天生皮肤好，只要嘴唇上点色，整个人散发的气息就能变得完全不同。

成功了！作战成功！我知道我很卑鄙，但这种程度还好吧？毕竟是介绍她给朋友认识的场合，我希望她能打扮得更好看。

“感觉真神奇，搭你开的车。”

“的确很神奇，这些日子我们没什么机会开车。我买这辆车还不到一年，买车前我很犹豫要不要买进口车，有点超出我的预算……”

经过慎重考虑后，我人生第一辆车是韩国产的小型旅行车，性价比高，车内空间宽敞……其实我是考虑到说不定几年后家里会增加新人口。

“哦？为什么？”

“不为什么……”

还能是为什么，因为开进口车载女人约会比较有面子呗。这句话万万不可明讲，所以我只是含糊带过。她盯着我的脸半晌，似乎也没兴趣追问，改聊其他话题。

“其实我没有驾照。”

“你没有也没关系，我载你就好了。”

我笑着，但她严肃地说：“我明年要去考。”

“啊，好……你去考吧。”

“你跟你朋友们怎么说我的？”

“还能说什么，有什么说什么。”

“你告诉过他们我们是在普信阁示威集会上莫名其妙遇到的吗？”

“干吗非要说那个……”我一脸不乐意。

她爆笑：“你那些朋友记得我吗？我不太记得他们了。”

“他们也不太记得，你就当成第一次见面吧。”

当然，这句话不是真的。在聊天群里，我一发出“你们还记得我去美国之前分手的女友吗？”朋友们立刻七嘴八舌：“啊，是那个你到了机场才发分手短信的贱女人吗？”

“好，知道了，快年末了呢。”

她双眼蒙眬，开始打哈欠。

“你累的话先闭眼休息一下。”

“我还好。感觉像在兜风，很开心。我可以放我喜欢的音乐吗？”

“嗯，放吧。”

我的副驾驶座就像她的专属座位，画面如此和谐。在她挑音乐的时候，我在脑海中描绘我们的未来——她大腹便便的模样、她抱着孩子的模样，这辆车以后应该放得下儿童安全座椅吧。我所期待的未来画面挺有模有样的呢。

周末开车去良才站果然是愚蠢的决定，幸好我早把堵车时间算进去，才能在婚礼开始前三十分钟顺利抵达。我们一进入礼堂就在大厅看到泰宇夫妻、敏赫夫妻和东延夫妻。他们正在互相问候。泰宇老婆挺着大肚子。敏赫有个快满一岁的女儿，看样子他今天没把女儿带来。东延和老婆还在新婚甜蜜期，两人十指相扣。

先不论怀孕的泰宇老婆，敏赫和东延老婆的衣品都很不错。一个穿着贴身洋装搭配微透的丝袜，另一个穿着雪纺裙。虽说两人的着装都是常见的婚礼宾客穿搭，但我喜欢她们的女性化打扮。

“哦，胜俊你来了？”最先发现我的人是敏赫。

朋友们热情问候我，而朋友中最不懂看人眼色的泰宇朝我挤眉弄眼，我心脏紧张得狂跳。

她精神奕奕地向在场的人打招呼：

“大家好。”

“这是我女友。”

看似平凡无奇的一句话，由我来说却无比感慨。“这是我老婆”，总有一天会轮到我讲这句话吧？一想到这里，我心底暗暗得意。

等着我说完，她也开口说：“这是我男友。”

咦？她在开玩笑吗……

包括我在内，所有朋友都张口结舌，朋友的老婆们爆笑，啊，原来是开玩笑，我们四个男人慢半拍才抓到笑点，连忙赔笑。

现场在尴尬的笑声后重归寂静，泰宇对她说：“我们常听胜俊提起你。”

她反问：“是吗？他说了什么？”

泰宇顿时脸僵。唉，这个傻瓜……

“他说你是很好的人。”

冲劲满分，效果零分，泰宇创造了又一次尬笑场合，所幸擅长掌握气氛的东延飞快地转移话题：

“好啦，既然大家都到了，我们去跟基贤打招呼，顺便和新娘拍照。”

“要拍照吗？智秀的婚纱照太美了！”

“我也觉得。我好好奇她今天的婚纱是什么样子的！”

三位老婆聚在一起叽叽喳喳地说个不停，哈，这些声音听起来多么美妙。

这时她开口说：“我抽根烟再进去。”

“哦……哦，好。”

她的一句话让气氛陷入冰点，而当事人大步流星地走出大厅。她一离开，泰宇三人迫不及待开口：

“喂，她还会抽烟？”

“真不像话。”

“她以前不是很漂亮吗？为什么变成这样了？”

“我还以为她是这里的工作人员，哪儿有人穿那样参加婚礼的？”

“你干吗和她交往？”

“对啊，你又不是条件不好。”

我很想一一反驳他们的话，却心有余而力不足。我只知道我丢脸得想挖洞躲起来，带她来见朋友还是太勉强了吗？不过我在这里暴露此时此刻的想法会更伤自尊，所以我故作冷静地说：“她和我约好会戒烟。”

当然是谎话。

“她穿成那样不太合乎时宜，不过挺有自己的风格的。”

“没错，很像我们以前上学时功课好的聪明学姐。”

“很帅气。”

三个老婆你一言我一语。虽然我不清楚她们说这些话是不是在安慰我。

“我先进会场坐。”

我没心情和新娘拍照，径自走向了婚礼会场。

“聪明什么啦！她根本没你们讲的那么厉害，以后遇到这种女人，有多远走多远，拒绝往来。”

我身后传来东延训诫老婆的声音。

当我走进白色花朵布置的美丽会场，不禁叹气。今天似乎会成为我和她交往关系中重要的一天，她愿意乖乖和我来到这种场合本身就是件不得了的大事。

不过我为什么还是充满遗憾？朋友夫妻们对她的客观观点带来的影响比我想象中的大。我明知他们都是些蠢家伙，但因为他们是个性和我最合的朋友，所以我很在意他们说的每一句话，而且我心里老是拿她和打扮得漂亮得体的朋友老婆们做比较，因此不由自主地沮丧。

在新郎新娘的入场过程中，基贤每分每秒都带着全世界最幸福的表情。看着那个表情，我隐约觉得反感。那家伙很幸福，相比之下，显得我很不幸。

对每一位父母而言，世道危险，儿女能找到独一无二的人生伴侣，与其步入结婚礼堂，无疑是他们最高兴的事，也是儿女对父母能尽的最大孝道。在如此感动的瞬间，她真的一点感觉都没有吗？我不时偷看她的表情，而她的表情始终没变。

“他们真的太登对了。不觉得两个人看起来特别幸福吗？”我假装自言自语。她回答：“是啊。”

这是我们的全部对话。

婚礼必不可缺的环节就是拍团体照。在我们拍照的时候，她又出去抽了根烟。恰好这次喜宴不是自助餐式，是桌菜式，有一些不熟的人同桌吃饭反而好。我和朋友们坐在圆桌前，主餐排骨汤已经先上桌。

"哇，崔基贤那家伙真的开心得要死吧。"

"看他能撑多久。"

"智秀刚才哭了，我想到我结婚那时候了。"

"我先开动了。"

在我们闲聊婚礼种种细节时，她默默吃饭。婚礼话题告一段落，桌上暂时恢复沉默。

泰宇观察她的神色后开口："恭喜你和胜俊复合。"

"哦，谢谢。"

"你们很相配。"

"真的吗？知道了。"她回以意味深长的笑容。

什么啊？这个回答是什么意思？大家纷纷交换疑惑的眼神，原本沉默的三位老婆把这股微妙的气氛看在眼里。

"胜俊四年前真的非常喜欢你，你知道吧？你们能复合，我们真的深深祝福。"

敏赫那家伙说谎话都不带眨眼的。

“我那时也很喜欢他。”她睁大眼说。

她不是会特意配合当下气氛说话的人，我肯定这句不是谎话，高兴归高兴，我却有股淡淡的苦涩。

“其实胜俊真的是最棒的新郎人选，我们一直以为他会是我们之中最早结婚的。”

“没错，没错。你应该很清楚，他真的很体贴，现在万事俱备，只欠东风，他存了很多结婚资金。”

朋友们你一言我一语自然地说出我事先拜托的台词。

“哦，是吗？可那是他的钱。”

“哎哟，这是什么话，结了婚，那些钱都是弟妹你的。啊，我刚才说弟妹了吗？哈哈哈。”

“这样下去，你们会不会下次见面就搞一个大惊喜？”

大家一起笑着，我内心窃喜，偷偷观察她的表情，好奇她会怎么回答。

她笑嘻嘻地说：“我们的事情我们会自己决定。”

哎哟？我还以为她会暴跳如雷说自己是不婚主义者，但这个回答出奇地平常。

"哦?"

不仅是我,朋友们也和我想法一致,大家都开玩笑欢呼起来,气氛变得融洽。

"不过这几年不见,你的穿衣风格变好多,头发也剪短了。"

"是的。"

"你的五官非常好看,只要化点妆就会更好看。"泰宇老婆在绝妙的时机开口。

弟妹,干得好!

"没错!化妆后一定非常漂亮。"我卑鄙地趁机附和。

我的女朋友很漂亮,很漂亮!听到没,这些家伙!

"哈哈哈……"

我不清楚她内心真正的想法,她尴尬地打哈哈让我松了口气。情侣结伴出席婚礼使我的心情如履薄冰,不过只要能走过薄冰,这一刻的紧张算什么,我一定扛得住。

"你现在做什么工作?"

"啊,我现在是自由工作者,想做出版编辑。"

“那你在家也能工作，以后可以边做家事边照顾孩子，真好！”

“哦，哈哈。”

比起担心岌岌可危的气氛，我更暗喜见到她聊这个话题的样子。

从第一次见面到今天这一步，历经多么漫长的时间。我们第一次在普信阁前集会的相遇、她房里偷藏的粉红色自慰用品、我在咖啡厅必须看女性主义的书，一路过来，我似乎逐步被拉进她的世界，而今天我终于凭借一些意外的契机得以反转，把她拉过了我原本生活的平凡世界的门槛。多亏此时此刻坐在这里的朋友和他们的太太，我总算能喘过气了，因为他们都是拥有我们同龄人的平凡理念的人。

一般人对幸福的普遍认知就是结婚生子，我认为我有责任告诉她何谓平凡的日常，让她脱离她现在每天在意的事情，像是堕胎、偷拍和性侵等的新闻报道，那些东西离她越远越好。

“我们都过着幸福的婚姻生活，希望胜俊能早一天和我们一样。”

“没错。今年夏天我们一起结伴去夫妻旅行吧。”

东延老婆附和道。

“我们想在差不多的时候生小孩，这样小孩年纪差不多，可以像亲兄弟姐妹一样玩在一起。”

泰宇骄傲地看着自己老婆。

“你们今天来这里，书妍怎么办？”

“拜托我妈照顾。”

“养孩子很累吧？”

“那还用说。而且我们两个都要上班，幸好我妈住在附近，有她帮忙轻松很多。”敏赫成熟地说。

泰宇插嘴道：“真羡慕你生女儿。”

泰宇老婆瞪了泰宇说：“你这么想生女儿吗？可是我肚子里的宝宝‘小幸福’是儿子。”

“所以我明年要一个女儿，一定要生女儿才行……”

听了泰宇的话，泰宇老婆吃惊问：“你说什么？你认真的？”

“怎样，不行吗？”

“哇，你们夫妻感情好好呀。”三对夫妻不约而同地笑着，一团和气。

“唉……”

她突然深深叹气，相比现场气氛显得完全突兀。

我起先怀疑自己听错了。当我确定我没听错的时候，我心里默默祈祷其他人没听到。可惜事与愿违，那声叹气大到正常人不可能没听到的地步，当然了，瞬间冷场。

我急忙另起话题转移大家的注意力，泰宇却不愿放过发问的机会，说道："为什么叹气？"

来者不善，百分百攻击的语气。她有些迟疑该不该回答。

拜托，不要说，什么都不要说。

我使出全身力气向她发送心电感应。

失败。她还是开了口："生女儿也好，生儿子也好，生小孩的是太太。老大还没出生就聊生老二……不觉得奇怪吗？"

是我大意了。

泰宇带着愠怒问自己老婆："亲爱的，你不想生吗？你不是也说过想生女儿吗？"

"啊，我是说过没错。"

泰宇老婆犹豫了片刻，貌似在挑选适当的词汇，她的视线回避泰宇的眼神，最终锁定了她，说道：

“不过我现在有点害怕。我身边朋友当妈妈的不多，有问题想问都找不到人问，而且怀孕真的不是件小事。我的口味改变了很多，真的太辛苦了，最近睡也睡不好。老公是帮了很多忙，但我还是得挺着大肚子去上班，真的很累。”

“要是我能替你生就好了！我真的很想替你生孩子。”沦为守势的泰宇只好胡乱放话。

她不肯善罢甘休，冷言还击道：“老公们真的希望自己可以生孩子？那既然老婆吃这么多苦生小孩，以后养小孩的事，老公会全权负责吧？”

“那种事我们夫妻会自己看着办！”

“是的，两位一定要好好商量。在这种场合决定这种事太轻率了。”她干脆地做出结论。

严格来说，她说得没错，只不过濒临爆发边缘的泰宇豁出去了：

“听说你只想和胜俊交往，没有结婚的打算。”

“什么？”

她看了我一眼，无处转移视线的我只能窘迫地看向面前的排骨汤。

“你从刚才就一直聊这些事，你知道自己有点没礼貌吧？”

“你们几个不也一直给我们建议吗？”

双方僵持不下，泰宇并不打算让步，他老婆面如死灰。

她无可奈何地开口：“不是因为胜俊我才这样，我本来就是不婚主义者。”

说出来了——“不婚”。

“那为什么要和胜俊交往？”

“会交往当然是因为喜欢他。”

“你是不是太不负责任了？”

“我从一开始就和胜俊说得很清楚。选择是胜俊自己做的。”

这一刻，我非常肯定不管是新郎新娘的幸福婚礼，或是与琴瑟和鸣的夫妻同桌吃饭，都不曾影响到她。我那渺茫的希望都是一场空。四年前的她明明会梦想和我举办户外婚礼。啊，烦死了，真的好无力，带她到这里来的确是一大败笔。最近我们之间的关系明明很好，泰宇那小子真的是……我也不知道该怎么办了。

敏赫见气氛紧张，连忙缓和脸色问：“你为什么讨厌结婚？和相爱的人生孩子、建立家庭是很幸福的事才对。”

“是的，相爱结婚的确有幸福的可能。不过我不确定相爱就一定要结婚，对我的人生究竟是好是坏。说真的，婆家住得这么近，站在太太的立场来看，一定会有不方便的地方。我们不能盲目认定结婚一定是好的、一定是没问题的。”

这次换敏赫皱眉。不出我所料，那小子把矛头转向自己老婆。

“老婆，我妈有让你觉得不方便的地方吗？”

敏赫老婆迟疑后眼神闪烁地说：“老实说，婆婆没那么好相处。”

敏赫接不了话，只能低头沉默不语。

最后轮到东延开口说：“气氛怎么变这么奇怪？总之站在已婚人士的立场，我们听到有人说自己不婚，心里难免感到别扭，好像我们做的是错误的选择。有一点这种感觉，好像不婚是更合理、更进步的选择。”

“不是那样的，只是每个人追求的幸福不同罢了。再说，你们之前不是一直认为不婚人士一定是哪里有毛病，是吧？”

糟糕，连东延也中箭，不过那家伙没因此皱眉不悦，而是和她继续聊着：

“话是这样说没错，但你说你喜欢胜俊，也就是说你们继续交往下去，你也有可能改变想法吧？”

“我和他的问题不在这里。”

“那如果胜俊真的很喜欢你，准备考虑结婚，因此不得已考虑分手，你会怎么做？”

“喂，够了！”

朋友们和她的对话过程始终让我如坐针毡，就在这一刻我再也忍不住开口。我承认我想中止这段即将达到高潮的无用对话，但我也不否认有部分原因是我猜得到她的答案。因为她，我已经丢脸好几年，不能重蹈覆辙。朋友和他们的太太都在场，我不想听见那个答案。

东延面有愠色，耸耸肩后闭嘴。而她冷静地看向我。

“兄弟，谢谢你们来喝喜酒！这里的气氛怎么这样？”

雪上加霜，好死不死，基贤夫妻穿着高雅的韩服登场。多亏如此，大家收起臭脸，齐声祝福今天的婚礼主角，和新人聊起蜜月旅行计划、新娘的婚纱、今天穿的韩服和婚礼上新郎亲自演唱的祝歌等婚礼话题。

等基贤夫妻移步去向其他桌的宾客打招呼后，我们这一桌又安静下来，没人尝试开启新话题。在冷飕飕的气氛中，婚礼画下了句号。

我和泰宇他们告别。我们一离开结婚会场，她马上掏出香烟，我忍不住用力抓住她的手臂。

“不要在这里抽，先离开。”

“为什么？”

“先跟我走就对了。”

我不顾一切地拉她走向停车场，做出手势要她上车，她摆手说：“我要抽烟，你先上车等。”

唉，抽成这样根本是吸烟成瘾，我摇摇头上车。

一大堆情绪激动的消息浮现在我的手机屏幕上。

“喂，金胜俊你这个神经病，你条件哪里不如人，要和那种女人交往？”

“要不是她是女的，我真想打她。”

“马上分手，我替你安排相亲。”

“她口口声声说不想结婚，不就是随时准备要跟别的男人跑吗？”

“我老婆什么事都没做，她干吗找她麻烦？”

“我老婆说我要感谢她愿意嫁给我。拜托，是谁在赚钱养家？”

唉，真要命，光看这些消息，我的头就一阵阵抽痛。

这时她坐上副驾驶座，我匆忙按掉手机。

“要去哪里？咖啡厅？”我语带叹息地说。

其实我并不打算暴露我的不愉快，但真的是藏也藏不住。

她呆看着我的侧脸说：“约我一起出席婚礼的是你，我不清楚你对我出席婚礼抱着多大的期待。”

我当然有所期待，而我期待的事情一样都没实现，不仅如此，还当众丢人现眼。我尽量装出不在意地说：“你一定要做到这种地步吗？他们是我的朋友，不是坏人。他们正在努力学习怎么当个好老公，压力也很大。这就是人生。”

“对，每个人都有每个人的难处，我知道，你要说到什么时候？”她的平静更让人生气。

“我真的很难过，我说我真的因为你非常难过，你知道吗？换成其他男人早就对你发脾气了。”

“所以，要我赞美你吗？你现在这样不是发脾气是什么？”

哈，真是的……

“我喜欢你，所以不断在努力，但你一点都没变。”

“我要改变才行吗？还有你做了什么努力？”

又、又、又开始算账了，我头痛，郁闷得不想说话，发出烦躁的呻吟声。

“你够了吧，不要再这样了，好吗？”

“不要再哪样？”

“你明知故问。离经叛道、激进女性主义者、女性主义！我真的受够了！”

今天一天下来，不，是我和她交往的这段时间累积的怒火转瞬爆发。她看着我，眼神没有丝毫动摇。

“你不要搞错了，那些不是我说不做就不做的，我绝对不会变回过去的我。”

事到如今，她才断然扼杀我耗尽心力的长久努力和希望，并且残酷地践踏它。

我太生气了。我自认是一个不错的男人，我也真心地喜欢她，努力地想说服她，她明明也喜欢我，为什么她就是不肯改变？把人逼疯也得有个分寸。

“你好像高看了自己的辞职，你以为那样做很伟大吗？你以为这个世界有那么容易改变吗？我告诉你，这个世界是不会变的！”

“至少我要改变自己。”

我真的厌烦她的死鸭子嘴硬。

“你没有喜欢我到要和我结婚的地步，是吗？我要怎么做才好？真的要我变成女性主义者吗？天底下没有那种男人。我人已经够好，条件也不差，你知道吗？”

“我说过我们之间的问题不在于条件，你真的都没听别人说话吗？”

“是因为你爸妈离婚，你才变成这样的吗？哪有父母离婚，儿女也一定会离婚的道理？”

话题开始失控，完全超出预期地展开。

“金胜俊，你讲话小心一点！”

“我是因为太郁闷才这样，我超级郁闷！到底我们的问题是什么？到底是什么问题严重到让你放弃结婚？”

“我不是放弃结婚，我是选择了我想要过的人生！”她烦闷地回答。

听到这句话的瞬间，我再也没话可说。我终于领悟到我说任何话、做任何事情都没有用的事实。这个领悟来得太晚。

“你真自私。”我想不到任何话反驳她，下意识吐出脑海浮现的话。

她强笑，一股脑说出忍耐许久的话：“你自以为非常浪漫又温柔吧？你爱人的方式、心疼人的方式、对待女人的方式、看似是守护实则是管束人的方式、遵守社会规范的人前打扮，我一直告诉你我不想要那些，不过都是你单方面不停地强迫我接受你的方式，不是吗？你知道那有多让我喘不过气来吗？自私的到底是谁？”

“好，我知道了，等你以后变成独居老人悲惨死去，你一定会后悔。”我失去理智，口不择言。

“今天先分开吧，我走了。”

即使我们吵成这样，她仍然不见一丝动摇，冷静地下车。我应该追下车或是打电话叫她站住，但我没那样做。我真心地想结束这一切。

虽然她说的是“今天先分开吧”，但会不会其实是“我们分手吧”的意思？是她先提分手？那我不用付她一百万也可以吧？一大堆无关紧要的念头盘旋在我脑海中。

我苦笑着坐在驾驶座，握紧方向盘。和她在一起的几个月里，我到底在干吗？

阳光灿烂的周末，无处可去，无事可做，我独自待着。

基贤的婚礼闹成那样，我不能叫朋友出来打发时间，而且我现在也不想见那些家伙。在很想喝酒却没酒友的情况下，我只能无奈地回家。

老妈安静尾随我进房后说：“你老爸今天回大邱。听说昌成叔叔的小儿子结婚。人家不过二十五岁，竟然已经娶了老婆？好像是把人家小姐的肚子搞大了。哎，这年头真是世风日下，是吧？”

“是……”

老妈的嫉妒表情和欣羡语气摆明了这番话的重点

不在于“世风日下”，而是她衷心希望我能参与这样的“世风日下”。我不是不懂老妈的言下之意，却没力气顶嘴，便随口敷衍过去。

“说不定他明天回来会唠叨你，小子，你先出门避风头。周末去约会，知道吗？”

“好，知道了。”

其实我什么都不知道，不过是口头答应一下。

无数张脸在我的脑海中盘旋——因为她的话而张口结舌的朋友们、在车里对我说出那番话的她、咄咄逼人的老爸。

我躺在床上发呆，然后走出房间喊了老妈：

“老妈，你之前说的……”

再次，在光化门

"您好。"

今天是各种相亲联谊活动最热闹的日子——圣诞节前一周的周末，而我去和老爸熟人的女儿见面，不，应该说是相亲才对。听说对方是个外貌出众的女性。

虽然是我自己一气之下答应的相亲，其实我有些后悔。首要原因是没有看到那个女生的照片。由于是老爸老妈牵线，所以事先要对方的照片是不礼貌的，因为老爸老妈看的是那户人家女儿的人品，怎么可以事先要照片？再说，如果我看了照片，觉得外貌不是我的菜，又不能直接取消见面。

第二个原因是，决定见面场所的时候，对方指定在光化门见面。对方表示并非特别想去那附近，而是那天得参加一个婚礼，婚礼结束直接过去比较方便，我又不能说："我对光化门有不好的回忆，不想去那里。"

这段时间，她毫无消息。

基贤婚礼那天是我们的结束。虽然她那天是说"先分开再说"，但如我所料，倘若我不先联络，她也绝对不会联络我。另一个我确信我们分手的理由是，婚礼的隔天，她把之前我借她的电脑修理费全额汇入我的银行账户。她没发"我汇钱了""把这笔钱当作我们关系的句号"这类消息，只是静静地汇款了。

严格来说，我们的关系中存在的债务不仅这个，我甚至想过要不要拿一百万当成联络的借口。可是这种借口在暧昧热恋时很有情趣，如今却不然。话说回来，她没先提起这件事，看来她真的不是借机讹骗我。

到了最后，她仍然是一个奇怪的女人。我竭尽全力地想改变她，终究落得在朋友面前丢人现眼的下场，而她一点都没变。正因为她始终如一，导致我想象不出我们的未来，所以痛下决定中断这段关系。爱情是不能强迫的，牛不喝水难道能强按头？

话说回来，既然注定会后悔，做了之后再后悔更好。干得好。以后停止妄想吧，别再想让"激进女性主义者"社会化。光是领悟到这件事，于我已是受益良多，是吧？

"啊，您好。"

反正今天是我和相亲女约好在光化门站附近见面的日子。人生第一次不提前交换相亲照的相亲，我不确定能不能在这么多人中找到对方。说真的，靠着一句"我穿着黑色套装"，互相寻找对方的过程别有一番乐趣。

因为我对外貌不抱期待，见面反倒眼前一亮，觉得对方比想象中更漂亮。其实仅仅是看到对方长发、化妆、穿裙子就足以令我感恩戴德，这是我和她交往几个月仅剩的意义吗？

我和相亲女并肩走在去预约餐厅的路上，进行着尴尬的对话，得知她是比我小三岁的上班族。

"不知道是不是因为是长辈介绍的相亲，有点尴尬呢。"

“我也有点尴尬，不过这样彼此对身家背景都有个底，很安全，倒也不错。”相亲女成熟地回答。

居然说“安全”，听到这个词的我大吃一惊，心脏扑通乱跳。难道她过去也有过被“疯子们”纠缠的经验？一想到此，我的呼吸变得急促。

“我想以结婚为前提交往，谈一场认真的恋爱。”

所幸她接下来的话仿若一颗定心丸，安抚了我的不安。没错，就是这个，这才是我原本生活的世界。

临近年底，周末的光化门附近人潮拥挤，我订了一家靠近光化门大门的意大利餐厅，那里灯光美，气氛佳，加上餐点美味，我相当满意我的选择。看来事先做好功课是有必要的。

在和相亲女聊天的过程中，我感觉到她是一个非常女性化的人。她的兴趣是料理和投喂亲朋好友，会配合我的玩笑掩嘴轻笑，有经济理财观念，赚钱能力不错，可爱，相处起来舒服，缺点是少了一些知性和性感。

和这种女性结婚、一起规划彼此的未来，一切是如此自然，不勉强，不辛苦，和我前一段处处碰壁的恋爱有天壤之别。

我和相亲女非常聊得来，结束用餐后，按约会惯例，买单理所当然由身为男性的我负责，相亲女乖巧地谢谢我的招待。

“咖啡由我请，附近有我常去的咖啡厅，如果你愿意的话……”

“好哇，谢谢。有人请当然要喝。”

相亲女看起来也对我非常满意，我放松地跟在相亲女身后，看着前方纤细的背影。不知道和相亲女做爱的时候会是什么感觉。我不是刻意想这种事，不过是意识自然流淌而已。

就在这时，我看到前方聚集的人群，人声鼎沸，道路也被管制了。

“看来今天有示威活动？”

“啊，好像是呢。”

今天竟然也有示威，听到就烦，不是太极旗集会，就是堕胎示威，要不就是偷拍示威吧，那些示威者真的是吃饱没事干。我出神之际，某处传来了高亢的女声：

把加害者送进监狱，让受害者回到日常生活！

“不知道今天在示威什么？”

“哦，好像是因为那个被指控MeToo的政客……几天前被无罪释放才这样的吧。”

我想起了网络上出现过的新闻标题。我没有细读相关新闻，一方面是因为这礼拜太忙了，另一方面是因为不再有对我详细说明事件来龙去脉的人。

“人好多……”

对面涌来的人与我们擦肩而过，我看向示威集会现场。

高个子的女人、矮个子的女人，脸大的女人、脸小的女人，绑头发的女人、披散头发的女人，年纪大的女人、年纪小的女人……示威群众里无数的女性示威者高呼口号：

庇护性侵犯的司法部也是共犯！

不能再忍耐了。粉碎吧！

就在那瞬间，我发现了走在示威队伍里高喊口号的她。

人太多，行进的步伐太急。如果问我是不是百分百确定是她，我不敢断言，可是我的直觉莫名确定那个人就是她，她就在那里。

她会在这种活动出现又不是什么大不了的事，天经地义。没错，这一点都不值得惊讶。不过我的心脏和我的大脑反应的不同，疯狂地跳动着。

我傻站在原地看得出神，在前方的相亲女高声说："那个，咖啡厅到了。"

"啊……"

"要进去吗？"

不知道为何，我迈不开脚步，也开不了口，只能呆呆地望着相亲女——这个唇膏是流行色、妆容几近完美的女人。

"怎么了？"相亲女疑惑地问。

不久后，我跟着相亲女进入咖啡厅，打定主意不理会外面发生什么事，不理会那些女人，不理会她在参加什么样的示威，因为那些事打从一开始就与我无关。不关我的事。

相亲女对眼神呆滞的我说："你的朋友应该很多都结婚了吧？"

"是的，我要好的高中同学全都结了，只剩我。"

其实从上次的基贤婚礼后，我所有的朋友都产生了史上最严重的夫妻矛盾。由于我是整起事件的始作俑者，所以我们的聊天群安静了一段时间。继"正义斗士"之后，我获得了"激进女性主义者的男友"这一不体面新外号。

经过我屡次喊冤，"我已经分手了，放过我吧"，那些家伙心情才变好一些，但事件后续影响不容小觑也是事实。据说东延老婆开始重新考虑要不要怀第二胎，敏赫老婆要求下次过年先回娘家，还有泰宇老婆要求泰宇分担家务。

"所以大家才说不能接近那些女人，不管是激进女性主义者或女性主义者都不行！"

泰宇近乎鬼哭狼嚎地抱怨，而所有人都深有同感。

"究竟发生了什么事？"

基贤看到泰宇的抱怨，觉得搞笑又状况外。

“你想去哪里蜜月旅行？”

这次也是相亲女先发问。我应该要专注眼前才对，怎么老是胡思乱想。

“啊，我想去夏威夷。慧英你呢？”

“夏威夷当然好！我觉得东南亚也不错，或者是欧洲。”

“听说去欧洲蜜月旅行很累。”

“也是，筹备婚礼就够累了，躺在别墅休息的度假好像也挺好。”

“哈哈哈！”我们笑得一团和气，可是我莫名感到空虚。

示威还在进行吗？结束了吗？她回家了吗？

就算我不想在意，就算我不想去想，就算符合我一切择偶条件的相亲女正坐在我的眼前，我依旧魂不守舍。我真的快疯了，所以相亲地点定在光化门真是大错特错。金胜俊，看你下次还敢不敢来光化门。

“我去一趟洗手间。”相亲女离开座位。

她该不会是发现我的分心了吧？这场相亲连父母都下场了，打起精神，金胜俊。

我习惯性拿出手机，看到“光化门示威”登上了热搜排行榜第一名。我好奇地点进去，接着看到了新闻快报标题“女性示威者和过路男性起冲突，遭男性施暴”。

施暴？什么叫施暴？

我的心怦怦直跳，焦虑到不自觉站起身。她就是那种别人说一句顶十句的人。这样说很不对，但她毋庸置疑很可能会被揍。哎，不会吧，不会是她吧……所以我叫她不要再参加那种活动的时候，她就应该要听话才对，不对，她现在和我已经是分道扬镳的陌路人，不，就算这样……

突然好混乱。我脸色苍白地看着手机，站也不是，坐也不是。就在这时，相亲女回来了。

“要走了吗？”

“啊，好的……”我顺势站起。

“你发生了什么不好的事情吗？”相亲女小心翼翼地问。那应该是她尽全力保持礼貌的提问。

“啊，其实我朋友最近情况不好，我好像得去帮他。很抱歉。”

我胡说八道一通，就连我自己也不知道自己在说什么。

“啊，这样啊，那……”

“我回头再联络你。”

我们在咖啡厅客气地告别。我一送走相亲女就马上拨出电话，同时跑向示威地点。手机铃声响了十几声、二十几声，她始终没接电话。我跑了一阵子，不知道是不是因为新闻大肆报道的关系，政府下令中止示威活动，驱散民众，以至于街道尽头一个人都没有。我看到的只有正在收队的警察，没有打架的人和被打的女人。四处都找不到她的踪影，不知道她需不需要我的帮助和保护。

我振作精神，重新打给她——那个和我分手两次的女朋友。在连打五通电话后，我再次狂奔了起来，我并不知道自己在做什么。

我气喘吁吁地撑着膝盖停下脚步，调整呼吸。真是白忙一场，直接回家算了。我开始担心起相亲女那边，不知道她回家后会怎么对她的父母说。

手机消息提示音在此刻响起。

什么事？

是她。

我内心纠结。

该不该回她？该回她什么……我闭上眼睛苦恼后，按下键盘。

你在哪里？

你问这个干吗？

你没受伤吧？
我看到新闻，很担心你。

我很好。

那就好。

我们快速互传消息，数个来回就把该说的话说完了。她没事真是太好了，以后她真的不再是我该关心的人，我好像太多管闲事了，这次意外让我再次确认我们关系已经结束的事实，不过……

你不要一百万了吗？

犹豫片刻后，我发出短信，活像是个钱太多花不完的有钱人。

要给你我的银行账号吗？

这个回答很像她，我不是时候地笑出来。

我只接受面对面交易。

我故作轻松地抛出最后底牌。

那你自己留着吧。

回复仍旧像铜墙铁壁。

好，保重。好像该做结尾了。苦恼着该打什么内容好的我，最后发出了这样的消息：

我们就这样结束了吗？

在我们的关系中，我果然是负责死缠烂打、苦苦纠缠的角色。那又怎样，从一开始就是这样，我没必要到现在才感到丢脸。

这是预料中的事，不是吗？

最后一起喝杯啤酒吧。你是不是在光化门附近？

记得那时候的炸鸡店吗？我发地址给你，你过来吧。我想跟你道歉。

就这样我单方面邀约她后独自前往炸鸡店。在走向炸鸡店的路上，郁闷到不行的我顺道买了一盒香烟，太久没抽烟，不知道该买哪个牌子好，于是买了她平常爱抽的牌子。但又想到，依她的性格似乎不可能赴约。我现在是白忙活一场吗？

“两个人。先给我一瓶啤酒和一只炸鸡。”

不知道是紧张还是饥饿之故，我一坐进炸鸡店立刻灌啤酒。我想起几个月前的夏天，也就是我们第一次到这家店的那一天。仔细算下来，那也不过是不久之前，为何我觉得如此漫长？我干了一杯啤酒后环顾四周，店里全是成双成对的情侣和团体客人，我陷入了沉思。

“您点的炸鸡。”

炸鸡比预期的更快上桌，啊，这样下去，我真的会落到一个人到炸鸡店吃炸鸡配啤酒，然后悲惨回家的下场。纵使心慌意乱，但那热气腾腾、美味诱人的炸鸡和浓浓的炸鸡香味太诱人了，我的手慢慢地伸向桌上的大鸡腿。

这时，令人不敢置信地，她出现在我眼前。

她穿着宽松的拉链连帽衫，配裤子和运动鞋，加上一贯地面无表情。

再次见到她，我的心脏发疯般狂跳，我因欣喜和惊讶睁大了眼。她说：“道歉吧。”

个性真急。

“哦，你来啦？”我先装傻，做手势请她坐在我对面，然后开口说，“对不起，上次我不应该说那种话。”

她向送来餐具的店员加点一杯啤酒。屁股半坐在椅子前端，一副“少惹我”的样子，活像是来讨债的。

“好，一百万呢？”

“可以分期付款吗？”

“为什么改口了？”

她的眼神既可怕又可爱，我忍不住笑出来。

“我们边吃炸鸡边讨论这件事吧。”我随机应变地递出手上的那只大鸡腿。

正好啤酒也送到。她啃着鸡腿配着啤酒，我盯着她看，突然产生好奇。

“你为什么想收一百万？”

“我也不知道，因为需要借口。”

“借口？”她瞪了我一眼后继续说：

“分期就分期吧。我会给你偷拍受害者的募款账户，一个月汇十万，汇十个月，知道了吗？算了，既然要捐款，你捐一年吧。”

“什么？”

“一定要汇。我可以相信你吧？”

“哦，知道了。就算我们变成这样，你还是坚持做自己……”

她笑出来，手上的啤酒杯晃动，啤酒顺着她袖子流下去，我发现她的手上有奇怪的瘀青。

"那是什么？"

她的表情顿时僵硬，急忙拉长袖子遮掩。

"说啊，那是什么？"

我看出她在想借口敷衍我，于是刻意摆出严肃神情，盯着她的双眼。因为她是不擅长说谎的。

最后她不情愿地开口说："我说谎了。我刚才想阻止那些动粗的男人，结果连我也被打了。"

她过于平静的语气，让我怀疑自己是不是听错了。

"他们刚才抓住我，打我的头，幸亏警察很快赶到，有很多人伤得比我严重。那些混账全都被抓了，不知道下场会怎样，一定会被警察教训的吧。可恶！想到就火大。"

我过于震惊，张嘴说不出话，有股想拥抱她的冲动，却做不到，只能改握住她的手，替她检查伤势。就像她说的，她手腕的瘀青似乎是被大力拉扯造成的扭伤。

"你不害怕吗？"

"当然害怕。我们被骂得特别惨！——'婊子'，还被骂了你最喜欢说的话，骂我们是'激进女性主义者’。”

“……”

“就这样回家，心情有点不爽，所以我才来这里，其实见到你我也蛮烦的。”她垂下眼说。

她这副模样引起我心中莫名的情绪涌动，我分不清楚那是愤怒还是郁闷。

“喂，那你刚才为什么装没事？”

“不然能怎样？本来就是我自己该负责的事。”她不当一回事地说完，咕噜噜喝了一大口啤酒。

这张从一开始就令我感觉陌生的脸，该怎么说好？她总是令我吃惊。

“虽然我不知道这些事是不是和我无关了，但我希望你能保重身体，不要受伤。我真的希望你不要再受伤了。”

“你还是这么爱说这些老掉牙的台词，我说过不是我什么都不做就不会受伤。”

她拿出手机按了几个按键后，递到我眼前。

手机的备忘录里有几行整整齐齐的字：

二〇一六年一月八日，江南，强迫参加聚餐

和续摊。

二〇一六年二月二十七日，日山，强迫参加聚餐，被评头论足。

二〇一六年三月十一日，新村，强迫参加聚餐和KTV，被摸肩摸头。

二〇一六年五月十一日，弘大，强迫参加聚餐，被摸手，被迫听一夜情话题。

二〇一六年七月……

“这是什么？”

“只是随便写下来的。”

她低头摆弄着手，我愣愣地看着她。迟来的醒悟。该不会是那个混账作家对她做过的事吧？

“你把这些记下来，有什么打算？”

“没有打算。”

我看到她苦涩的笑容，忍不住重新细读备忘录的内容。从时间看来，事情已经过了很久，但对她来说，一切宛如昨日发生般清晰。也就是说，这些事带给她的伤害太大了，大到当事人想忘都忘不掉。

“其实上次我和那些辞职的前辈聊过这件事，大家都有类似的经验，甚至有前辈哭着说，在我离开出版社后，她非常难受，对那时候没能安慰我感到很抱歉。”

“他是惯犯。混账东西。”

“我们分享各自的经验时，有一个前辈提起，我们是不是就这样睁一只眼闭一只眼算了，还是大家一起揭发这件事。”

“所以你们决定公开吗？你们承担得起后果吗？”

“老实说，我们也不知道。”

“你很清楚那家伙，还有你们出版社是什么态度。公开之后一定会有不清楚前因后果的人跳出来肆意抨击。”

“的确很可怕。”

“你一定要这样做吗？你那些前辈决定要揭发是她们的事，你有必要加入她们的行列吗？”我着急追问。

她沉默着微笑，那个微笑依稀给了我回答，我和她交往时最害怕的事情终究发生了，而且正在发生。我想起她曾问我，她怀疑是不是只有自己不正常，当时一脸饱受折磨而哭泣的模样。

“你以前真的只是个平凡的女孩，喜欢看书、看电影、看话剧，是个不懂世事、无忧无虑的女孩。”

“我也以为我会一直是那样。”

“究竟发生过什么事？”

她耸着肩苦笑：“你还不懂吗？这让我想起我喜欢的一句话：如果不解释就不懂的事，即使解释了也不会懂。”

她只肯说到这里。

对她来说，如此理所当然的事，为什么我们男人搞不懂？这是所有问题的悲剧症结。而我们男人活到现在从未尝试去了解。

“男人只会说自己过得更辛苦，花力气的事情都丢给男人做。”她说。

“嗯。我今天闭嘴吧。”

我正经八百地做出闭嘴的手势，惹得她露出苦笑，一口气灌下啤酒。

“我是不是很讨人厌？”我问。

“你确实让我很烦，这些不全是你的错，你只是没好好思考过，单纯顺应环境，过自己的生活罢了……那是你一直以来的价值观，仅仅如此。”

“你和我交往真的是因为喜欢我吗？”

“不喜欢的话，我干吗跟你这种疯子交往？”

“啊，是是是，我是有点疯。”在这种时候争取自尊还有何意义？我稍微迎合了她的话。

“以后和别的男人交往，我一定会注意对方是不是韩男。通常深入了解对方之后，我对男性的好感就会慢慢消失，不过你是我以前就喜欢过的人，所以……感情这种东西真可笑。”

“原来如此。”

“我也搞不懂了，总之我是真心喜欢过你，虽然我还是不知道和你复合是对是错。”

“我很高兴我们能复合。”

其实在今天中午之前，我的想法完全不是这样的。谁想得到这种话竟然出自我的口中。很高兴？像个天真的家伙一样说什么高兴。也不是，我们还是有过很多开心的时间。和她复合治愈了我的冷漠，让我了解不是有爱就什么都行得通，也让我明白原来我所知道的未必是事情的全貌……

“其实我明年年初要出国。”她若无其事地说。

“什么？去哪里？”

“冰岛。”

“这么突然？”

“我朋友在那边念书。不久前冰岛终止妊娠合法化了，我想去当地取材写书，想知道那里的人付出哪些努力才办到这件事，想知道这件事对那个国家的二三十岁女性有何意义，虽然我也不知道能不能顺利出书。”

提起这个话题的她，眼睛闪闪发亮。

“你之前的方案就是这个吗？”

我这才想起先前她在咖啡厅工作，我在看书时她说过的话。明明是不久之前的事，如今想起来却如此遥远。当时我不知道她有这种计划，还纠缠她一起去旅行。原来我们从那时候起就已经看向不同的方向。

“哇，真了不起。很帅气。”

“一定会很辛苦的。说不定事情不如我想的顺利。我得动用全部的离职金，不知道以后会变成怎样。说不定会应验某人的话，我会变成独居老人死去。”

因为她的话，我心中一角立刻崩塌，幸好她还能把我的气话当成玩笑话。呜呜。我难为情地笑了。

“不过说真的，你想到未来不觉得可怕吗？没有老公没有小孩，真的不会孤单吗？”

“我也不知道自己会不会孤单，不过没有老公和小孩，我还有自己。”

说什么有自己……她的话让我的心情变得复杂。

“我知道我突然说这些很怪。我实在很茫然，不知道该怎么生活下去。家里催婚，我还问过朋友们为什么要结婚，但你知道结论是什么吗？他们告诉我结婚不会改变任何事情。因为这些话，我偶尔也怀疑自己活着的意义。”

“现在不清楚，就慢慢地想清楚你真正想要的是什么，不是别人想要的，是你自己想要的。”

“可是这不容易。”

“是啊，很难。”

看着她严肃点头的样子，我承认就这样分手很可惜。她是多么帅气的人，我和她在一起的时候只会在意她的头发是长或短，她有没有化妆。事到如今，我才看清我的心——我真的能放弃眼前的她吗？

“即使我们继续交往下去，不管我说破嘴求你不要去冰岛，你还是会去的，对吧？”

“当然了。就像你去美国一样，我的离开也势在必行。”

她爽快回答。

“那如果我提分手呢？”

“那我只能尊重你的意愿。”

明知不好笑，我们却一起笑起来。

炸鸡几乎没有减少，我们面前多了四个空啤酒杯。

“该走了。”她说。

我点头起身结账。当我走出炸鸡店，她一如往常在抽烟。或许因为这是最后一次看到她这种模样，我的心情很微妙。

“虽然现在才问这个太迟了，不过四年前我去美国的时候，你去机场了吗？”

“什么意思？我没去。”

“没有对吧？其实我很犹豫要不要问这个。”

“怎么了？”

“那天我在机场看到很像你的人，想知道是不是真的……是啊，我心里隐约知道不是……很想留下这个美丽的谜团，结果还是忍不住揭晓谜底。”

她扑哧一笑。

“看来你很想我？”

“我确实很想你。”

“可惜那个人不是我，我也不知道她是谁，一切只说明了你那时候很想我。”

她用脚踩灭抽完的烟头。

“保重。”

“嗯。祝你的冰岛之行一路顺风，一切顺利，不要被打，也不要受伤，知道吗？”

“想太多了吧，你自己好好保重。”

她留下这句话，大步走进黑夜里，消失不见。

我回家后，发消息给相亲女：

平安到家了吗？

幸好她回了标准答案：

到家了，和你吃了一顿愉快的晚餐，晚安。

几天后，我通过老爸得到了“令郎人太好了，我高攀不上，希望他能遇到更好的人”的回复，老爸念叨了一句“你到底会不会做人，把事情搞成这样”。唯一值得庆幸的是，最近老爸的体检报告显示他的血压和胆固醇数值改善很多。

就这样，我重返单身，平常地度过了圣诞节和年末，迎来新年。

尾声

她和前同事们发表的联合署名告发文，由于涉及知名作家黑幕，在社会上引发轩然大波。作家宣称指控无事实根据，将诉诸法律行动，提起损害名誉的诉讼，此事成为社会大众关注的焦点，人们意见大致分为两派。

说她“花蛇”“单恋”“诬告”和“捏造事实”的言论让我很难受，但也有不同的内容：

“我是某大型书店的店员，这位作家本来就因为这种事而出名。”

“我参加过这位作家的活动，活动结束后我向他要签名，结果他光明正大地骚扰我，我吓了一大跳。”

“我在私下场合碰到过他。他好像很自恋，自以为没有得不到的妹子。醒醒吧，大叔。”

我看到后很开心，开玛莎拉蒂就了不起吗?

为了让更多人看到这些留言，我努力地点赞，可是帖子的热度总是被“要听双方的说辞，在客观结果出来之前，不要随便批判论断”之类的留言超越。

无论如何，那位作家似乎受到这种争论的影响，电视出演和参加讲座的频率大减，原先准备的新书出版也被无限延期。事情闹上了法院，虽然既累人又麻烦，但也算是一种成果。我非常想发消息恭喜她，不过收到曾说“你避开这一切是因为这些都太过肮脏，而不是因为害怕”的前男友发来的祝福，想着就可笑，所以我忍住了。

而我的聊天群出现这些消息:

“喂，你们看到那篇报道了没?我是那位作家的忠实粉丝。”

“又聪明又有钱的人干吗纠缠那些出版社的丑女人?”

哈，这些臭小子什么都不知道，我一气之下在输入框打下一句“喂，你们搞不清楚状况就闭嘴”，大拇指按下发送键之前，我停下了动作。我本来就因为被他们乱喊“正义斗士”“激进女性主义者的男友”而心累，对这些家伙说这些话有什么用？这些不知天高地厚的家伙一定会条件反射，最后一切会以我被群起围攻收场。再说了，要是我因为和她有关的事太激动，说不准会露出马脚，这些家伙又会……

最后我关上了聊天页面，无意义地查看她的社交软件资料，想知道她有没有更新照片或是新的状态。我知道我很窝囊，那又怎样。

我看到她的状态更新了——“出发冰岛，D-7”。

她真的要去啊。如果她继续留在韩国，这阵子一定会有很多烦心的事，出国也好，我不经意地看了眼日期，那天不正是老爸老妈参加旅行社夫妻同行旅游项目回来的日子吗？

这是命运的玩笑吗？既然如此，我就应该要配合天时地利。我突然开启孝子模式，一反常态，叫老爸老妈不要搭机场巴士回家，我会亲自接机。

到了那天，我比老爸老妈的班机落地时间更早到了机场。明明没有要见的人，我莫名地在意身边来往的人群，甚至跑到出境楼层，徘徊在密密麻麻的班机出发时刻表前。

有仁川到冰岛的直飞航班吗？我上网搜索，似乎是没有，那我岂不是永远无法知道她从仁川去哪个国家转机，究竟搭几点的飞机？也是，知道了能干吗？

假如我们真的在机场碰到，那也是个问题。站在她的立场来说，我应该就像是个令人头皮发麻的跟踪狂吧？哪怕我解释是因为今天老爸老妈回国才来的机场，听起来依然像是狡辩。

我整理好复杂的情绪，决定去咖啡厅看书，等老爸老妈班机落地。我从家里带来的书是过去由她负责编辑、强制我阅读的《外貌协会》。

如果说和她最后一次见面后，我的心态多少有所转变，那是骗人的。我只是很久没看这本书，既然都开始看了就把书看完，所以才常常带着这本书出门，有空就翻一下，我也不知道这种阅读速度和频率称不称得上是阅读。

我时不时分心，看看手机，看看来往的路人，东摸西摸。我会这样并不是我没有阅读习惯、突然要长时间阅读的缘故，而是因为我天生散漫，而且机场又不是我平常会来的地方，难免感到新鲜。在这里最吸引我视线的就是穿制服的空乘人员、金发外国女郎、因旅行而雀跃的女人，短发女人、长发女人，穿夹克的女人、穿大衣的女人、戴帽子的女人……附近有好多女人走来走去。

都不是她。

明知如此，我仍不免伤心。毫无对策，只能徒然想念她的我，是因为来到这个有0.001%概率会遇到她的地方吗？用我知道的诗句比喻——所有的女人都是她，全是她，其他女人的模样反复地消逝。

机场不愧是个奇怪的地方，我凝神倾听像是背景音乐般的广播声，企图转移思绪，仍停不下对她的思念。像是逃避般，我把脸埋进了双手之间。

我想起五年前我们分手的前一晚，她那握紧我的手，还有天真的脸庞，也想起在钟路市区与戴着黑色口罩的她打照面的模样。同时浮现在脑海里的两张脸是如此不同。

我第一次想象这两张脸之间流逝的时间——我指责她为什么变了的时间、我想要抹掉这些改变的时间、也许是我永远无从得知缘由的时间。这四年的时间，我什么都看不到，眼前一片黑暗，就像是她和那些女性示威者身上的黑衣一样。

我不自觉地想起了那个清晨——她啜泣着而我在一旁不知所措，那个无能为力的清晨。当时她是什么样的心情，我依然无从得知，而她也不曾真正地告诉我。当时的我只是惊慌，想快点结束那一刻。

无时无刻不在挂念儿子结婚一事的父母即将在这座机场降落回国；比起结婚，选择自己人生道路的她也将在这座机场搭飞机出发；而我只能呆滞地凝望着内心的黑暗。

我在那无尽黑暗中寻找着某个事物，期待某个事物。

而早已感到厌烦的我重新张开双眼。

一秒、一秒，时间流逝。

作者的话

女性主义者的恋爱丧尸路

“三十多岁的女性主义者的恋爱几乎是条‘丧尸路’(The Walking Dead)。”

这是不久前我和朋友聊天时说的话。在我们刚年满三十的时候，顶多是座“丛林”，也就是说，这段时间里情况恶化了许多。

剧集《行尸走肉》是描述人类试图在充满丧尸的世界生存，孤军奋斗的末日题材代表影集。尽管除了剧集之外还出了相关漫画，但我只看过剧集的第一季，想来当时我说的话大概就是这个意思吧——

独自活在这个累心又苦涩的世界。

如果我想找到其他的人就必须先走出去，但是社会上到处都是丧尸。

万一不幸被丧尸咬到，我也会变成丧尸，而外头没多少其他生存者生存的证据。也就是说，和我一样流着相同血液的人存在的概率非常低，为了寻找那个人，我必须冒着被丧尸追赶、被丧尸咬到的高风险。

结论：留在原地一个人生活更好。

这准确地反映出我的，也是我们的恋爱现实。

朋友们被我逗笑，而我心里流着泪。

有时候我的理性支配着我，告诉我绝对不能被收编到固有的父权制度之下，脑海中回荡着不婚、不恋爱、不做爱、不怀孕的口号。但是，有时候致命的孤独又会虏获我，我苦涩自问：真的找不到和我共度下半辈子，赋予这辛苦人生意义的那个人吗?

说真的，要是能和相爱又值得信赖的人共度下半生就好了。

起码我是这样想，这种想法应该没有错也不算特别疯狂吧?

然而在这个社会上，每天都看得到诸如“私密聊天室的污言秽语”“云端共享偷拍影片”“社群论坛性交易高居全世界第六名”“对女性施暴与杀害女性”之类的新闻。网络性犯罪的争论引起大众关注的同时，“如果这样算是犯罪，那么大多数韩国男性都要入狱”已经是显而易见的事实。女人相信自己能“全心信任眼前的男人，与他相爱一辈子”变成了不切实际的疯狂想法。

哪怕爱情是非理性的，但如果我们如今面对的悲惨事实是不理性，就不可能和一个人相爱，说得直白一点，生疏地寻找真爱的人实际上被丧尸咬到的可能性极高。才不过几个礼拜之前，也就是我写这篇文章的同时，大众认知中有钱又帅气的名人们刚被揭发用药物迷奸与传播偷拍影像。（事件后续真相仍在继续确认中。）

《行尸走肉》是充满血腥杀戮的剧集，也是二〇一九年韩国的悲惨现实。

所以，活出自我以守护我的人生的欲望与和某人长相厮守共度一生的念头，不得不发生正面冲突，尤其女性们更是如此。

在此，一定会有一些感到冤枉的男性。男人也很害怕谈恋爱，谈恋爱结婚的话会失去自由，还要花很多钱……诸如此类的言论，我相信大家都懂，无须多言。

可是我的约会对象说不定会对我施以约会暴力的恐惧；提分手时，也许对方会杀害我和我的家人的恐惧；背地里进行着我不知道的性交易，害我感染性病的恐惧；倘若不小心怀孕，我必须一个人承受非法堕胎的恐惧；在我面前体贴、多情地笑着的男人，一转身在私密聊天室里笑嘻嘻地散播其他女性的偷拍视频的恐惧；也许我就是被偷拍的当事人的恐惧……

各位男性感觉得到吗？感觉得到每天像被父权制和性客体化（Sexual objectification）鞭打的痛苦吗？有经历过除了胸部和性器官之外，还是个拥有大脑的人类的事实被屡遭否定的经验吗？有被担心从这个角度看起来手臂会不会很粗、肚子的肥肉有没有露出来的强迫念头折磨过吗？有过对方单方面享受做爱，不关心我舒不舒服，做爱结束后又不知怎么表达的郁闷吗？老实说，能理解吗？

问我是不是说得太夸张了？那么请去问问你们身旁的女性们吧。

像是淋着春雨被狮群追逐的水牛的孤独，和“成为独居老人孤独老死”的社会威胁的确是事实，诸如此类反乌托邦的现实经常使我精神分裂，啊，要我怎么办啊？我跳着扭扭舞，竭尽全力描绘出这些现实的烦恼和彷徨而写下的文字就是这部小说。

当然，小说中的她做出了选择。

不过在明知走出去极可能被丧尸咬的时局下，选择独自生存究竟是对的选择吗？其他选择也得有意义，这个选择才有意义，不是吗？如今这种选择不过是为了生存的次要方案。

若这个社会不改变，丧尸的威胁不消失，现在的女人们是不会盲目地走出去的，意即女人们不会像过去那样轻易送上项颈，任丧尸噬咬。

事实上，这个社会正在改变。二〇一九年四月十一日，韩国堕胎罪宣告违宪，堕胎罪终于走入了历史。我衷心希望这部小说中提到的所有故事，在不远的将来都能成为历史，那时我们能尽情嘲笑“二〇一八年还有过那样的事情”该有多好。

二〇一九年的此刻，《行尸走肉》仍未终映，我不知道那个世界会变得怎样，不过大概会像所有的好莱坞故事般，人类获得最后的胜利，重返和平世界吧？万一结局不是这样子，会让人非常困扰，因为这代表人类迎来了末日。这不单纯是《行尸走肉》的故事，我们面对的现实虽残酷，但我们要发挥女人积极的天性，纵使希望渺茫，我们也要拥抱着期待，高呼“我们还没死”，并且挺身斗争。

我愿这部小说里的无数故事，能成为这场为了创造“快乐结局”的斗争中的小小枪声。

大家应该都清楚丧尸会说自己不是丧尸吧？

不，应该说丧尸想否认自己是丧尸？

这些丧尸到底想表达什么？

现在开始好好聊一下吧。

二〇一九年五月

闵智炯

文治

磨铁图书旗下子品牌

更好的阅读

出 品 人　沈浩波

特约监制　潘　良　于　北

产品经理　胡马丽花

特约编辑　李楚姿

营销支持　金　颖　黄筱萌　黑　皮

版权支持　冷　婷　朱　雯

装帧设计　青空工作室

封面插图　–woyeyoungqian_

关注我们

官方微博：@文治图书

官方豆瓣：文治图书

联系我们：wenzhibooks@xiron.net.cn